HERMES

在古希腊神话中,赫耳墨斯是宙斯和迈亚的儿子,奥林波斯神们的信使,道路与边界之神,睡眠与梦想之神,亡灵的引导者,演说者、商人、小偷、旅者和牧人的保护神……

西方传统 经典与解释 **HERMES**
Classici et Commentarii

古希腊诗歌丛编

娄林 ● 主编

古希腊早期诉歌诗人

Early Greek Elegists

[英] 鲍勒 Cecil Maurice Bowra | 著

赵翔 | 译

华夏出版社

古典教育基金·"资龙"资助项目

"古希腊诗歌丛编"出版说明

自荷马和赫西俄德以来,古希腊诗歌就承负起教育希腊人的使命,"故正得失,动天地,感鬼神,莫近于诗"。流传至今的古希腊诗歌大多是合唱诗歌(或者合唱诗歌辑语[fragments]),传诵这些合唱诗歌,便是城邦民的教化过程(柏拉图,《法义》654b)。正是这一关乎民众性情的教化性质,使得古希腊诗歌具有与现代诗歌几乎截然异质的品性。从根本上讲,古希腊诗歌关涉的是什么样的生活方式(政制)最好,而非仅仅是个人的在世欢欣和痛苦。对我们来说,研习古希腊诗歌不是出于文人雅兴,而是为了理解西方文明的根基、品质和源流。

古希腊诗歌的翻译和研究在我国学界迄今未受重视,语文不通固然是原因之一,但究其根本,缘由更在于现代诗歌品味的拘囿和哲学在现代文教制度中的霸权地位。西方现代诗歌进入中国,既摧毁了中国传统诗歌的表达方式,也阻碍了西方古典诗歌在中国的流传。从接受顺序上讲,现代诗歌反倒显得比西方古典诗歌更为"古典"。这不单是时间的错置,更是一种思想品位的颠倒。由此带来的后果有两个:一方面,我们长期漠视西方古典诗歌,另一方面,即便研读古典诗歌也不免带上种种现代(或"后现代")的理论框架——我们非常喜欢尼采,却对尼采的如下教诲视而不见:"在古代抒情诗面前,我们的现代抒情诗显得就像没有头颜的神像"。哲学成为学院之王，是康德以后的事情，随着哲学普及教育的兴起，传统的生活方式和德性传统一再遭受哲学式的鞭问——通俗哲学最终得以取代传统诗教，现代诗歌（或者文学）也随之沦为生活的调料。

我国向有温柔敦厚的诗教传统，"帝曰：夔！命汝典乐，教胄子，直而温，宽而栗，刚而无虐，简而无傲"（《尚书·舜典》）。本工作坊策划这套丛编，旨在通过学习西方古典诗教传统，增进我们对自家诗教传统的体认。荷马、赫西俄德和品达三位大诗人影响尤为深远，传世作品的篇幅也相对较多，西方学界的翻译和研究汗牛充栋，本工作坊均独立立项。"古希腊诗歌丛编"则收录其余古代希腊诗人的诗作：一，编译笺注体汉译诗歌文本；二，采译西人研究古希腊诗人和诗歌的佳作。

古典文明研究工作坊
西方典籍编译部丁组
2010 年 7 月

目 录

中译本说明 …………………………………………… 1

前 言 …………………………………………………… 1
第一章 起源与初期 …………………………………… 2
第二章 提尔泰奥斯 …………………………………… 32
第三章 梭伦 …………………………………………… 62
第四章 克塞诺芬尼 …………………………………… 91
第五章 忒奥格尼斯 …………………………………… 120
第六章 西蒙尼德斯与墓志铭体短诗 ………………… 151

索 引 …………………………………………………… 183

中译本说明

娄　林

柏拉图的《法义》是其最具政治意味的作品，而对政治生活来说，最高的衡量标准是美德在城邦中的存在（《王制》432a）。在《法义》开篇，当雅典客人将对话从战争引到美德的话题时，首先援用了诉歌诗人提尔泰奥斯的诗句，转向勇敢这一美德（629a-b），实现话题的真正转换。其后，雅典客人层层深入，言及整体的美德，而不是某种单一的美德，这时，他再次引用了另一位更加著名的诉歌诗人忒奥格尼斯（630b）：① 一个人的高尚和忠诚与否，不是与某种单一的美德有关，而是关乎这个人的整体美德（συμπάσης ἀρετῆς）。② 在雅典客人的思考之中，这些诉歌诗人的诗句起到了关键性的"路标"作用，这本是传统诗人及其诗歌在政治生活中本来的角色。换言之，我们在研读诉歌的时候，首先应该具有这样的阅读敏感。英国古典学家鲍勒爵士（Sir C. M. Bowra，1898—1971）这本《古希腊早期诉歌诗人》（*Early*

---

① 参《忒奥格尼斯集》，行1003-1005："这是美德，这是人类的最高奖赏，是人所能获得的最美好之物。这是城邦和全体邦民的共同利益"（张芳宁译文）。

② 参施特劳斯，《柏拉图〈法义〉的论辩与情节》，程志敏、方旭译，北京：华夏出版社，2011年，页8。

Greek Elegists, Oxford, 1938) 最为人称道之处,便是呈现了诉歌与希腊政治生活之间活生生的关联。

鲍勒是英国最后一位古典意义上的博雅之才:他对流行的学术时尚毫无兴趣,而倾力于理解这些古典文本和背后深邃的精神旨趣。他尤其精于古希腊诗歌,几乎遍析诸家诗歌,从荷马、古希腊诉歌、品达乃至于索福克勒斯的肃剧。他本人也是一位诗人,虽然诗歌风格颇为讥诮,① 作者也并未凭诗歌而知名,但通过自己的诗歌写作和古典世界发生了一种更深刻的关联,这不仅是技艺上的,更是精神上的关联。他对这些希腊诗人有一种近乎本能的理解,他尝试理解他们的历史处境,尤其是其精神际遇。但是,他又不会陷落于个体的微小情调,在解释品达时他强调诗人对政治共同体之间的两种根本意义:宙斯赋予的政治智慧以及诗人才能保证的政治声名。② 这是诗人在政治世界中最艰辛的责任。

1937 年,美国著名的私立学院 Oberlin College 的"马丁讲座"(Martin Lectures) 延请鲍勒作了关于古希腊诉歌的三次演讲,这本《古希腊早期诉歌诗人》便是其讲座稿,次年由牛津大学出版社出版。该讲座设立于 1927 年,首位讲演者是当时柏拉图研究的重镇肖里教授(Paul Shorey)。鲍勒在讲座中对早期希腊诉歌梳理源流,可以说是极为细致的类别文学史。但与一般文学史的区别在于,鲍勒文笔流畅,通过对诉歌细节的精致阅读,让我们进入这个古朴苍凉的诉歌世界。

---

① *New Bats in Old Belfries, or Some Loose Tiles*, Robert Dugdale, 2005。鲍勒还是苏联诗人帕斯捷尔纳克进入西方文化世界最早的引介者。

② C. M. Bowra,《品达》(*Pindar*), Oxford Clarendon Press, 1964, 第三章。

诉歌首先是政治性的,① 这种政治性最初体现在最残酷的政治行为之中,即战争——这正是《法义》起初切入的主题。无论是阿基洛库斯、卡里努斯还是提尔泰奥斯发明了这一诗体（原文页8）,他们的核心主题都是战争。与抒情诗不同,诉歌的伴奏乐器是长笛,"斯巴达的战士在行军时也要有长笛的声音伴随,因此我们可以推测,提尔泰奥斯的诗歌正是在行军时演唱"（原文页42）。但是,更主要的诗歌所歌唱的内容,提尔泰奥斯诗歌的内容要分两端：一是斯巴达城邦的历史,比如斯巴达城邦的建立,尤其是德尔菲神谕对斯巴达建城的训诫：

> 讲话应公平,处事必公正,
> 不可生出任何欺瞒之念。
> 如此则必将拥有力量和胜利。(辑语3,行7-10)

柏拉图在《法义》中将提尔泰奥斯作为第一位加以引用的诗人,缘由或许就在于,他的诉歌恰恰是关乎城邦的建立,也即立法的问题。诗歌与立法是《法义》中极为关切的要点之一。提尔泰奥斯诉歌的第二类主要内容即战争美德的宣扬,尚武之德是斯巴达历来的传统（《吕库古传》21-22）,而诗歌则是美德教诲最恰切的教育方式。②

---

① 参 E. L. Bowie,《早期希腊诉歌、会饮和公共节日》（"Early Greek Elegy, Symposium and Public Festival"）,载于 *The Journal of Hellenic Studies*, Vol. 106 (1986), 页13-35。

② 普鲁塔克,《吕库古传》,收于《希腊罗马名人传》,陆永庭等译,北京：商务印书馆,1999。

诉歌一经写作流传，便会成为城邦教育的养料。一般来说，长篇诉歌尤其适用于城邦公共节日，而公共节日是城邦教育最为重要的场合。前引的提尔泰奥斯的建城诉歌，很可能就通常表演于斯巴达的公共节日。① 除了这种公开的场合，希腊人日常生活中最为常见的会饮场合，同样歌唱这些诉歌，保存最完整的忒奥格尼斯的诉歌即是如此（原文页142）。根据学者们的考察，会饮场合的诉歌歌唱，具有多种教化意义，至少有两点极为重要：

一、会饮是一个教育邦民的场所，使之为参与公共生活做好准备。宴饮聚会之中或之外，人们必须学习善而避免恶。

二、节制和秩序：即将参与会饮和政治生活的人会被劝告接受中道。宴饮聚会是提醒混乱和过度之危险的理想场所，从中得到的训诫能够应用到日常生活中。②

鲍勒的解释没有着力分析这种抽象观察，而是着眼于忒奥格尼斯对诉歌中言说对象居尔诺斯的美德教育，要而言之，是以一种传统贤良政制的道德要求规训这位年轻人——以及后世年轻的读者们（页154–157）。

梭伦是雅典的立法者，还是雅典的第一位诗人，因此，他的身上最能够体现诉歌的政治性。从一开始，梭伦诉歌的歌唱对象就是作为整体的城邦，"他希望唤起的并非个体意识，而是民众共

---

① 参 E. L. Bowie,《早期希腊诉歌、会饮和公共节日》，前揭，页28–32，尤参页31。
② 参费格拉主编,《诗歌与城邦》，张芳宁等译，北京：华夏出版社，2014，第七章《会饮与城邦》。

同体的意识",唤起共同体的意识,最关键就是要在城邦的不同政治力量之间建立真正的平衡,并形成一种良好的礼法秩序,也就是梭伦所谓的εὐνομία:

> 而良好礼法(εὐνομία)令一切协调有序,
> 常给不义之徒戴上脚镣,
> 它抚平粗糙、遏止过度、削弱肆心,
> 让怒放的毁灭之花凋零,
> 它纠正歪曲的审判,把骄横的行为
> 变得文雅,终止分裂的内讧,
> 让激忿和怒火告停。
> 人世间一切有序与明智皆源于此。(辑语3,行31-39,刘禹彤译诗)①

鲍勒以为,良好礼法(εὐνομία)作为希腊政治哲学的关键术语,正是由于梭伦才开始出现(页86)。作为诗人的梭伦,要以其诉歌达到他的立法目的,这当然不是一种机械的说教,而是让诗歌造就听众"内心的转变"(页87),让城邦各个阶层的人都能够守其中道,从而形成政治的整体和谐。但是,梭伦的立法并未像吕库古的立法那样泽被城邦近五百年(《吕库古传》29.6),在诗人还在世的时候,就见到自己的立法受到了颇多损伤(普鲁塔克,《梭伦传》30-31)。与提尔泰奥斯相比,梭伦的诉歌多了一

---

① Maria Noussia-Fantuzzi,《雅典人梭伦:诗歌辑语》(*Solon the Athenian, the Poetic Fragments*, Leiden/Boston: Brill, 2010。

些在世的生存情绪。

诉歌（elegy）如今通常被译为哀歌——比如里尔克著名的《杜伊诺哀歌》，但是，在诉歌这一诗歌体裁刚刚出现的时候，"最早的诉歌体形式与哀悼的情感没有必然联系"。① 不过，与慷慨激昂的史诗相比，诉歌无疑更加具有强烈的个人生命感受。梭伦曾如此感喟人生：

> 我们是自以为是的凡人，不论好坏，
> 固守着自己可笑的意见，直到
> 灾祸让我们追悔莫及。而之前
> 我们仍在徒劳的愿望中无法自拔。（辑语1，行33－36）

随着诉歌作为一种体裁越来越成熟，这种在世情绪就越加强烈。鲍勒发现诉歌体碑铭诗的一个关键特征：碑铭所纪念的死者在碑文中发言。比如这两行简单的诗句，"朋友，也许你路过这里是怀着自己的心事，/也请稍作停留并报以同情：这是忒拉松（Thrason）的坟墓。"（页177－178）我们无法得知这个忒拉松究竟是谁，但这里明显有两重对立：生与死的对立；生者的心事与死者的心事。这两行诗似乎在告诉路过的人，"盛衰各有时，立身苦不早。人生非金石，岂能长寿考？"鲍勒对希腊早期诉歌的分析最后以这些碑铭诗作为结语，除了一种天然的诗歌直觉，更蕴含了他对生命尊严的感触：当死亡降临为永恒之后，对一个人的评判最终依赖于他这短促一生中所具有的美德（ἀρετή）（页180）。

---

① 因此，我们将 elegy 译为诉歌。

美德（ἀρετή）贯穿鲍勒对这些早期诉歌诗人分析的始终。从其政治意义来看，当然是从提尔泰奥斯就开始的美德教育。但是，鲍勒洞察到这个词语在诉歌中所蕴含的思想发展。在荷马笔下，美德是指各种具体的行为，但是，提尔泰奥斯几乎在抽象意义上探讨什么是美德（页62-63），将美德等同于城邦所需要的普遍的政治卓越（页65）。到了梭伦的诉歌里，他有了更加清明的理性分析，梭伦"一直坚持将整个宇宙看成是一个可以用理智完美解释的世界"（页103）——这或许是柏拉图在《蒂迈欧》中提到梭伦的原因。正是在这个理智的完整世界里，人的美德才有了更艰深的思想根基。而这种人类理智的运用，在亚里士多德称为第一位哲人的克塞诺芬尼的诉歌里达到了顶峰。①

亚里士多德在《形而上学》中记载："克塞诺芬尼是第一个提出'一'的人……他凝视整个（ὅλον）苍穹，说'一'就是神。"② 在《智术师》里，柏拉图让埃利亚的异乡人明白地说："我们埃利亚这族人，从克塞诺芬尼，甚至更早，就以神话的方式（τοῖς μύθοις）讲述'一切'，如他们所言，一切其实就是'一'"（242d）。因此，克塞诺芬尼的诉歌代表了一种哲人个体的思索（页109），虽然也谈诉歌常见的内容，但多了许多关于自然世界和诸神本性的诗句。在鲍勒看来，克塞诺芬尼在真正哲学层面上思考了美德的本质。竞技胜利者是当时美德的最高代表，克塞诺芬尼却批评说，竞技胜利者固然获得胜利，但是并不意味着"这

---

① 参拙文《克塞诺芬尼的哲学与诗歌》，载于《江汉论坛》2015年第6期，页75-80。
② 亚里士多德，《形而上学》，986b20，苗力田译，北京：中国人民大学出版社，2003，页15；另参吴寿彭译本，北京：商务印书馆，1959。

座城邦会因此而更有秩序/就像它从胜利中得到的欢乐一样"。那么，什么是真正的秩序与快乐？如果从哲学的角度，当然就是对世界作为一个整体的凝视，也就是说，一切其实就是"一"，换成亚里士多德的术语，此即沉思生活（亚里士多德，《尼各马可伦理学》，1177a – 1178a）。但是，这种最高程度的沉思是属于哲人个体的秩序与欢乐，与城邦的秩序与幸福显然并不相同。鲍勒对这一点观察得极为敏锐：

> 作为一个思想家，克塞诺芬尼的观点显然比梭伦更具革命性；只是，他小心翼翼地将自己的思想锋芒保持在一个适当的范围内，或者说，他至少努力使自己的结论符合当时普遍的道德准则。（页135）

克塞诺芬尼的保守，首先见于他采取诉歌这种极为讲究政治美德的体裁。而借助鲍勒对这些诉歌引人入胜的解读，我们除了欣赏古代希腊诗歌的韵味，更能够在其中瞥见希腊思想的瞬息光华。芬利（John H. Finley, Jr.）在《希腊思想的四个阶段》(*Four Stages of Greek Thought*, Stanford, 1966) 里将史诗和诗歌所呈现的思想形态称为前两个阶段：英雄时代和理想时代。他的分类或许有发展式的现代特征，但是至少提醒我们注意，要理解作为源头的希腊，我们必须进入更为丰富的诗歌世界，这里既是源头，也具有未被后世哲学遮蔽的根本的政治本性。

关于译本，有两点需略作说明：其一，原书中的诉歌都附有希腊语原文，这是鲍勒写作的习惯之一，但我们有希腊诗歌的系列翻译计划，所以这些希腊语就显得用处不大；诗歌译文主要由译者依鲍勒的英译文译出。其次，鲍勒原书中的书目信息经常不全，编者尽力搜补完整。

赵翔本是诗人，由他翻译古朴的诉歌自得其人。译文交稿后曾经刘禹彤校对，编者最后通读全书，即便如此，书中难免错漏，唯盼读者诸君阅读指正。

2017 年 6 月 20 日于北京

前　言

这些讲座主要论及古希腊早期的诉歌诗人,我希望读者能大致了解他们的作品及其个性,当然也包括与这些诗人相关的问题。由于篇幅所限,不容许我在一些疑点上展开,这也使得书中的某些论断略显武断。

拙作受惠于如下诸位学者:D. Diehl 和 T. Hudson‑Williams 编辑的希腊文本;威拉莫维茨(U. von Wilamowitz‑Moellendorff)、耶格(W. Jaeger)、E. Römisch 和 A. Hauvette 的论著和文章;A. Andrewes 极有助益的学术批评。至于拙作的出版,感谢 Sir Williams Marris, J. M. Edonds, G. B. Grundy, T. H. Higham, Gilbert Highet, W. C. Lawton, F. L. Lucas, J. W. Mackail, Gilbert Murray;同时感谢以下诸位先生:Grant Richards, Gowans 和 Gray, Kegan Paul, Trench, Trübner 以及其他拙作所引著作中拥有版权的学者。最后,我想感谢 Oberlin 学院好客的主人,尤其是 Louis E. Lord 教授和他的夫人,由于他们的热情,当年的讲座才成为我的人生快事之一。

鲍勒
1938 年 3 月 16 日于牛津

第一章　起源与初期

[3]很少有诗歌体裁能像古希腊诉歌对句（elegiac couplet）这样，经历了如此漫长的历史演进。就我们所知，这一诗体最初出现于公元前8世纪，一直到公元10世纪依然不失其生命力。这些讲座的目的，就是向读者介绍这一诗体本身的发展以及在其发展早期创作过该诗体的那些诗人。笔者将尤其关注这个历史时期，在那时，诉歌不仅作为传达感情的工具，还成为理性思考的一种手段。公元前8世纪至公元前5世纪，诉歌与抒情诗是同样重要的诗歌样式，在某种程度上诉歌又属于抒情诗这一庞大的诗歌门类。然而，诉歌一直保持着独特的语言风格和主题特色，所以有必要将其作为单独的对象，细细探究。

人们通常认为,诉歌对句是"从六音步英雄史诗向抒情诗过渡期间的变体"。① 它由两行诗构成一个完整的诗句或诗节。第一行诗类似于六音步史诗,只不过在结构上稍异。它的独特之处在于第二行,人们往往称之为五音步格(pentameter),但只是在数学的意义上才可以称它是五音步。我们以沃森(William Watson)的一句诗为例:

人子与其残存的荣光,在上帝的荣耀前失色
(Man and his glory survive, lost in the greatness of God)

人们说上面这句诗为连续的五音步格,然而实际上,[4]它前半分句由两个半扬抑抑格组成,后半分句又是另外两个半扬抑抑格,如下图所示:

—∪∪|—∪∪|—||—∪∪|—∪∪|—

所以说,所谓的五音步格实际上是两个独立诗格的联合,它们虽结为一句,但其用词却不可相互混淆。通过将这种所谓的五音步格与六音步诗句组合,古希腊人创造出了一种新的诗歌形式。一方面,诉歌对句不同于六音步史诗,后者的基本单元只是一行诗,而且从未形成固定形式的诗节;另一方面,诉歌对句也不同于一般意义

---

① 哈迪(W. R. Hardie),《诗韵》(Res Metrica),页49。[译按]鲍勒在本书中引用其他学术著作时,一般只提作者名和书名,甚至是不完全的书名。为免去读者查对的麻烦,补足书目信息,下文仿此例,不一一标明。W. R. Hardie, Res Metrica: An Introduction to the Study of Greek & Roman Versification, Oxford: Clarendon Press, 1920。

上的抒情诗体,后者的诗节形式变化多端。对句具有韵律规整而音韵优美的特色,它提供了固定的模式让诗人们依韵填词,当然,在这个模式之中,诗人还有足够的施展空间——尤其是对于古希腊人而言,因为,和后来的古罗马人相比,他们并没有将一句诗限制在一节对句之内,而是允许同一句诗跨越到下一节对句之中。于是,诉歌对句广受诗人欢迎,也就不足为怪了。

然而,这一诗体的发端却不确定。英语中的"诉歌"(elegy)源于古希腊语ἐλεγεῖον—词,这个词首先出现于苏格拉底的好友克里提阿(Critias)的著作辑语(fragment)中,大约写于公元前5世纪末。①ἐλεγεῖον[5]定然与ἔλεγος—词有关,后者是欧里庇得斯以及后来一些诗人的惯用词语,意为"哀悼"。而且,早在公元前586年,抒情诗人埃切布罗图斯(Echembrotus)就在德尔菲的长箫(flute)②竞赛上以颂唱ἔλεγοι而获奖,那篇作品应该就是一首诉歌。无论古希腊抑或古罗马的作家,都将诉歌视为一种表达哀悼的诗体——即奥维德(Ovid)所说的 flebilis elegeia[痛苦的诉歌]。然而,在这一特征之下,诉歌诗体却存有一个不容忽视的问题:最早的诉歌体形式与哀悼的情感没有必然联系。③最早的诉歌体往往是关于军队或欢宴,即使偶

---

① Diehl 辑录,辑语 2 和 3。

② [译按] Flute 对译αὐλός在英语世界里或许并无不妥,但是译成"笛"似有不妥,因为笛子的演奏方式是横吹,但αὐλός的演奏更近似于箫,是竖吹的乐器,所以此处译为"长箫",以免误解。

③ 关于此问题详实而有力的论证,参佩奇(D. L. Page),《古希腊人的诗歌与生活》(*Greek Poetry and Life*),页 206 – 217。[译按]此书是为古典学文史专家 Gilbert Murray 教授七十寿辰的祝寿文集,全名 *Greek poetry and life*: *Essays presented to Gilbert Murray on his seventieth birthday*, January 2, 1936, Oxford: The Clarendon Press, 1936。

尔涉及悲伤之事,也很少哀悼死者。甚至那些刻在墓碑上的诉歌,从内容上也很难说是一种哀悼:那些碑文一般是引用死者生前对自己的评价。事实上,将诉歌用于哀悼的题材,是伯罗奔人的习惯,有诗人埃切布罗图斯、萨卡达(Sacadas)和克罗纳斯(Clonas)为佐证。后来,这一传统留存于诉歌体悼文中,如欧里庇得斯的《安德洛玛刻》(Andromache)第103–116行,以及后来卡里马库斯(Callimachus)的《沐浴的雅典娜》(Bath of Pallas)。虽然具有自己独特的风格,但这种伯罗奔式的诉歌已不再有助于当前的研究,因为所有早期的此类诉歌诗作都已散佚,而且,它和早期正统的诉歌没有直接关系。

一般认为,诉歌对句的演唱多以长箫伴奏,[6]这就如同抒情诗是以七弦琴伴奏一样。支持这一判断的证据有:诗人阿基洛库斯(Archilochus)的一个说法,① 有关弥涅墨斯(Mimnermus)是一个长箫演奏家的传说;②《忒奥格尼斯诗集》(Theognidea)中,诗人也曾宣称他用长箫来演奏自己的诉歌(行241,533,825,943,1041)。此外,普鲁塔克(Plutarch)③和泡赛尼阿斯(Pausanias)④等古代权威也支持过该说法。尤其是,该说法还符合一个简单的事实:最早的诉歌辑语,要么是卡里努斯(Callinus)和提尔泰奥斯(Tyrtaeus)那样对军队的描写,要么是弥涅墨斯对欢宴的歌颂。而恰好,长箫正是军人和欢宴者所喜爱的乐器之一。荷马对此也曾有所暗示:阿伽门农(Agamemnon)夜晚在特洛伊露营时所听到的乐声里,就包括"长箫和笛管(pipe)"(《伊利亚特》,卷十,行13);在阿喀琉斯(Achilles)表演技艺的欢宴里,长箫

---

① Bergk 辑录,辑语 123。
② 斯特拉波(Strabo),《地理志》,卷十四,643。
③ 普鲁塔克,《论音乐》8。
④ 泡赛尼阿斯,《希腊志》,卷十,7,5。

也是重要的乐器之一(《伊利亚特》,卷十八,行495)。看来,诉歌最早是长箫伴奏的歌曲这一事实已无需怀疑。还有观点以为,诉歌这一词汇本身也许源于亚洲,有人还将亚美尼亚语中的一个词根 elegn - 作为这一渊源的证据。古希腊的乐器名往往来源于外国,而且众所周知,长箫是古巴比伦的乐器而非古希腊人所发明。另外,已发现的最早的诉歌韵文出自小亚细亚及其临近的岛屿,[7]所以该诗体受到亚洲的影响也显而易见——无论这一影响来自于弗利吉亚(Phrygian)、吕底亚还是其他地方。

作为长箫乐曲而出现的诉歌,在三到四个世纪的时间里没有太大变化。对于诉歌的发明者,学术界一直没有定论。古希腊人一般认为是阿基洛库斯、卡里努斯和提尔泰奥斯三者之一发明了这一诗体,①但这三位诗人恰恰是我们所了解的最早的诉歌作者,因此,看上去亚历山大城的学者们并不比今人知道得更多,他们只不过将发明诉歌的荣誉给予了他们所知的第一位诉歌作者。在三位诗人中,阿基洛库斯最有可能是第一位诉歌诗人,如果他不是诉歌真正的发明人,那么至少他对诉歌的发展与多样化的应用有着巨大贡献。据布莱克维(Blakeway)的考证,阿基洛库斯的生活年代约为公元前735年至公元前665年。②阿基洛库斯是一位具有才华和独创性的诗人,他以一种让人惊异的直率与力量来写作。正是他的出现,才使得古希腊语诗歌变得精炼而优美,并具备了足以流传后世的形式。他的诗歌是其颠沛流离之生活的副产品,诗人也从不讳言自己生活中的失败与不幸。品达曾说,阿基洛库斯"用仇恨、阴沉的语言养育了他的贫困"(第二首

---

① Didymus,引自 Orion,页58,7以下。
② 《古希腊人的诗歌与生活》,前揭,页34 - 55。

皮托凯歌,行54－56)。的确,阿基洛库斯生前扮演了一个屡遭打击、屡遭忽略的角色——这一点最典型的体现就是他的爱情经历。因此,他总是难以自抑,要在诗歌中倾吐自己的满腔激愤,于是,在后世人眼里,他成了一个典型的言语刻薄之人。然而,比起那些诉歌诗篇,他的仇恨更多地体现在短长格诗(iambic)中。①并且在创作中,他非常恰当地将这两种诗歌体裁作出了明确的分工,[8]这种分工实际上也为古希腊诗人所共有。

从一些零星的资料与证据中,我们可以说,阿基洛库斯的诉歌往往写于其军旅生涯的间歇期。公元前708年,在塔索斯岛(Thasos)开拓殖民地时,他曾和色雷斯本地人起过冲突。当然,他的战争经验远不止这一点。诗人后来还参加了利兰丁战争(the Lelantine War),在这场战事中,征战双方——埃雷特里亚(Eretria)和卡尔启斯(Chalcis)——都调遣了庞大的兵力。②相传,诗人在战斗中

---

① [译按]短长格诗($ἴαμβος$),虽然名称看似一种诗歌韵律,但更是一种诗歌类型,更多用于表示讽刺(亚里士多德,《政治学》,1448b),而且,这种类型的诗歌也未必完全采用短长格的节奏。与诉歌不同,这种诗歌可能还是使用里拉琴为伴奏乐器(lyre)。所以译为短长格当然不是恰当的译法——姑且暂译为"讽喻诗"。早期比较重要的诗人就有阿基洛库斯,还有 Semonides of Amorgos 和 Hipponax of Ephesus。比较细致的两篇介绍论文可参 Chris Carey,"Iambos",载 Felix Budelmann 编,The Cambridge Companion to Greek Lyric,Cambridge University Press,2009,页149－167。Brown, C. G. ,"Iambos"载 A Companion to the Greek Lyric Poets,D. E. Gerber 编,Leiden,1997,页11－88。

② [译注]利兰丁战争(Lelantine War),大约发生在前8、7世纪之交,交战地点位于卡尔启斯城附近的利兰丁平原,故而得名。在希腊历史上,这是第一次影响波及整个希腊世界的大规模战争。按修昔底德的说法:"在这场战争中,希腊世界其他国家,有些帮助这一边,有些帮助那一边。"(《伯罗奔半岛战争志》卷一,1章)

死去。①因为这贯穿诗人一生的军旅生涯,我们可以将诉歌看作他对自己生活的坦率评论。他曾这样形容自己的戎马生涯:

> 长矛为我赢得面包,长矛为我赢得色雷斯的美酒;
> 靠在长矛旁,我将这美酒一饮而尽。②

当然,他认为自己除了是一个好士兵,还是一个足以自豪的诗人:

> 我是战争之王的仆从,
> 但我也收到过缪斯美妙的馈赠。③

如此简单的两行诗句也许是在战斗间歇即兴写就;也许,[9]恰好诗人的战友有一支长箫,于是便要求诗人赋诗一首。这些诗句像是一些偶然聚合而成的只言片语,然而,由于它们如此集中于最本质的事实,使得这些零星言语具有了独特的魅力。可以说,如此的诗句几乎适合于描述所有会写诗的士兵。它们清晰而有力地描述了阿基洛库斯的生活,其坦率真挚无以复加。

阿基洛库斯了解战争的方方面面,并有自己独特的感触和思索。他不把自己描述为英雄,并且,如同一个真正的士兵那样厌恶所有徒有其表的英雄气概。阿基洛库斯喜欢直接坦白对战争的真实看法,口气中带着点轻快的挖苦和蔑视。在他的诗歌中,至少有

---

① 普鲁塔克,《伦语·论神的惩罚的延迟》(*de Ser. Num. Vind*),17;Aelian,辑语 80。
② Diehl 辑录,辑语 2。
③ 辑语 1。

两首诗会令他的长官震怒。其中一首明言巡逻放哨的无聊,而诗人的解决之道就是饮酒:

> 来吧,让我们在这轻舟之中推杯换盏,
> 　将这滚圆木桶中的美酒饮尽,
> 最后只留下红酒的残渣。在站岗时
> 　我们并不更能抵抗美酒的诱惑。①

恐怕任何军事纪律都不能忍受这样的戏谑。更有甚者:

> [10]如今,那张漂亮的盾牌已成了某个色雷斯人的装饰,
> 　是我将它丢在了树林子里,我别无选择。
> 为了这副皮囊的存活,就由它去吧!要知道
> 　旧的盾牌不去,新的就永远不会来。②

在上面几行诗句中,阿基洛库斯漫不经心的乐天态度,与荷马笔下的英雄正成对照——在荷马那里,失去武器被视为一位战士的奇耻大辱。以其多年的从军经历,阿基洛库斯毫不犹豫地摒弃了这种幻想,他对待这一问题的态度也为阿尔凯奥斯(Alcaeus)、阿纳克瑞翁(Anacreon)和贺拉斯(Horace)等诗人所继承。③从阿基洛库斯开始,一个奇异的变化出现了:丢掉盾牌成了战士的荣光——至少

---

① 辑语 5。
② 辑语 6b;William Marris 爵士英译。
③ 参《古希腊抒情诗》(*Greek Lyric Poetry*),页 152。[译按]类似书名文本很多,鲍勒此处只有书名,信息不详。

对于同时身兼诗人和战士两种角色的人来说。

只要一个士兵保持健全的心智,他就会对这些诗歌中所表达的思想有所共鸣,就会由衷地赞同诗人对战争的态度。这并不是说,阿基洛库斯忽略了战争所带来的恐怖与悲伤,毋宁说,诗人让自己变得铁石心肠正是为了忍受这些负面情绪,而不是去抱怨不可避免之事。在写给朋友伯里克勒斯(Pericles)的诗中,面对种种苦难与摧残,诗人表现出了一种哲学式的态度——当然这一态度建立在真正的同情与理解的基础之上:

[11] 在怨天尤人的悲惨气氛里
　　　没人能好好享受这欢宴:
　人类的身躯不断地为咆哮的海浪所吞没
　　　而人心也总是满载着伤痛。
　为了帮助我们忍耐致命的顽疾,
　　　诸神已准备了上佳的药方。
　今天是你痛苦万分,明天又轮到他;
　　　此刻一个血红的伤口折磨着我们,
　但不一会儿它就缠上了别人。所以,
　　　抛开那女子气的悲伤,去忍耐吧!①

此诗所描写的场景十分典型:诗人正参加一场宴会,宴席上,某个同伴正为一位葬身大海的朋友而悲叹。阿基洛库斯知道伯里克勒斯心中的郁结,诗人认为,与其同情朋友并和他共同悲叹,不如想办法让他高兴起来。他谆谆宣扬"忍耐"的哲学,并且把悲伤称为女

---

① 辑语7。

子气的。我们不应将诗句中的严厉口吻归因于诗人内心的冰冷——事实上,这是诗人多舛命运后的经验之谈:面对不幸时,无用的抱怨远不如廊下派(Stoic)那种冷静的接受。

[12]以上零散的诗篇为我们描绘出阿基洛库斯的部分性格特征和生活经历,但在技巧层面上,这些作品依然值得深究。从诉歌发展史的角度看,这些诗篇是我们所能看到的最早的诉歌,它们应该对此后的类似作品产生了相当的影响。至少,我们在这些诗里面发现了一个非常重要的特征,该特征一直被后来的诉歌作者所保留,直到亚历山大港的诗人们改变了这一传统。阿基洛库斯在诉歌中经常借用荷马式的语汇,诸如"轻"舟,"咆哮"之海,"红色的"酒,"松软的"面包等等——读者朋友们可能已经注意到了这些似曾相识的表达;又如一些惯用短语的运用,比如"战神(War – God)的嬉戏","在死亡的尽头",再加上古风时代的属格词尾 -*oio*(这种属格在阿基洛库斯所生活时代的口语中早已不再使用了),从这些证据里我们可以很清楚地看出:诗人在创作诉歌时,满脑子都是荷马以及史诗中的词汇。以上现象很好理解:史诗多是描写尚武之人或杰出的战士,史诗的词汇一般用来描写战争——这些词汇是如此丰富而贴切,使得以战争为两大主题之一的诉歌很难忽视其存在。阿基洛库斯在创作诉歌时,定然会发现那些词汇与他的扬抑抑格对句是如此一拍即合。但与其同时,诗人在他另一种诗体的创作中则完全排除了史诗词汇的使用——这显示了他对诗体形式的准确把握。①当使用短长格(iambic)和长短格(trochaic)的韵律时,他会主

---

① 参见 A. Hauvette,《阿基洛库斯》(*Archiloque*),页 232 – 245。全名《阿基洛库斯:生平与诗》(*Archiloque:Vie et poesies*),Paris:Fontemoing,1905。

动避免史诗式的词汇并代之以日常的语言。口语化的词汇和高贵的史诗语言形成鲜明对比。写作实践上的这一区别对后世诗人意义重大。所有早期的诉歌诗人在借用史诗词汇时,都有自己的见解和体会,[13]而不是随便盲从前人,但短长格诗的作者们往往更喜欢采用口语化的语言。可以说,在其初期,通过利用荷马丰富的语汇,诉歌这一诗体渐渐地具备了高雅的特色。

阿基洛库斯的诉歌扎根于军营生活。它们蕴含着智慧和生机,具有浓郁的生活气息与不事雕琢的审美品格,可以想见,那一定是战士们所乐见的诗歌。然而,诉歌在伊奥尼亚人(Ionia)那里开始有所变化,因为伊奥尼亚人习惯在饮酒时,由专门的歌者来演唱诉歌。只要诗歌的主题足够重要,他们就倾向于将诉歌的长度扩展。所以,作为一门艺术,伊奥尼亚人的诉歌不如阿基洛库斯的诉歌来得精炼,但仍有不可否认的价值。在公元前7世纪的前半叶,整个小亚细亚都遭到异族的游牧民族西米里人(Cimmerian)的蹂躏。①公元前650年,西米里人进攻了古希腊贸易城邦以弗所(Ephesus),虽然最终失败,但他们却烧毁了阿尔忒弥斯(Artemis)神庙。这个历史事件激发了一位名不见经传的诗人卡里努斯的灵感,他就生活在以弗所。卡里努斯对侵略者西米里族人的恐惧记忆,深浸于下面这行精美的诗句:

此刻,西米里族人那播撒死亡的军队正慢慢逼近。②

---

① 参 T. Hudson - Williams,《早期古希腊诉歌》(*Early Greek Elegy*),页12 - 19。[译按]详细信息如下:*Early Greek Elegy*: *The Elegiac Fragments of Callinus, Archilochus, Mimnermus, Tyrtaeus, Solon, Xenophanes, & Others*, University of Wales Press Board, 1926。

② Diehl 辑录,辑语3。

[14]也许,为了能更准确地领会诗人的情感,我们应该再来看看归于他名下的另一段较长的诗歌片断。该片断融合了诉歌的欢宴与军事主题,如其开端所表示的,它是写给那些参加宴会的人,他们懒洋洋而漫不经心地躺着:

> 年轻人,何时才能拿出战士的斗志?你冷漠,
> 　懒惰,麻木地面对邻人的斥责,
> 甚至连骨头都松软。你怎能仰面躺着
> 　却不顾这战火纷飞的故土?①

在本该悠闲快乐的宴会上,卡里努斯又想到了战争的危险,想到了为荣誉而进行的战斗,想到了一个懦弱的民族将会面临的可怕未来。他宣称为国捐躯是一种光荣,并用以下言论表明了自己的立场:

> 整个国土都在哀悼一颗英雄般的心
> 　生前,人们就将他当作半神来崇拜。
> 在人们眼中,他绝似一座城堡——
> 　孤独地,为所有人的自由而战斗。②

[15]这诗句中蕴含着一种高贵而单纯的力量,似乎,异族的突

---

① 辑语1,行1-4,T. F. Higham 英译。
② 辑语1,行18-21;T. F. Higham 英译。

然入侵赋予了诗人以异样的灵感和英勇的精神。与阿基洛库斯类似,在该诗中,当下成了实现永恒价值的手段,那是活着或已死的勇士才配得上的无上荣誉。卡里努斯通过最简单的、训诫式的语言达到既定的效果,而且并没有过多的修饰。唯一的比喻是将赞颂的勇士形容为一座城堡——这个比喻见于荷马史诗(《奥德赛》,卷十一,行556),并且它的历史可能更久远。这首诗歌的力量来源于以下两点:首先,是国家的危难处境这一不同寻常的写作背景;其次,其结构简单自然。诗中的词语不加掩饰地表现了诗人的情感体验,如同从内心直接喷涌而出,这里没有严密的结构安排与思想的深刻性,但却表现出了一系列真实的情感诉求。

虽然简单性是该诗的一大特征,但它并不能让我们忽略其另一特色:对史诗词汇——不仅是单词而且有时是整个词组——的大量借用。该诗中只有两个词没有在荷马的著作中找到,而且其中之一还是由荷马的词汇改写而来。① 卡里努斯习惯于用一个荷马式的短语来结束一个五音步格,比如ἀλλά τις ἰθὺς ἴτω或者κουριδίης τ᾽ ἀλόχου;而他所有的六音步的结束处,都会使用一个荷马史诗的六音步结束处曾使用过的词汇。诗人模仿荷马的用意,实际上和阿基洛库斯类似。不过到这里,我们可以从更大的范围出发,考察诉歌诗人如何使用[16]史诗词汇。这种借用并不能表明,卡里努斯仅仅是一个模仿者,或者没有能力形成自己的语言特色。在他生活的时代,几乎所有的诗人都不仅仅使用一个词汇体系。他们在建立自己的语言特色的同时,决不会忘记汲取同行的智慧,有时甚至整行引用其他诗人的诗句。诗人在头脑中构思着自己的诗篇时,会不可避免地受

---

① 参见《早期古希腊诉歌》,前揭,页71。

到前代史诗词汇系统的影响。大多数情况下，他们发现当下所要描写的东西都有史诗中的现成词汇供他们选择，所以这一任务变得简单，甚至可以说，正是由于这些现成词汇的存在，构思新的诗歌才成为可能。如同当时欧洲其他在文化上逊色于希腊的地方诗人一样，古希腊的诗人偶尔也需要即兴创作——对于这一任务，一个常备的词汇表更显得不可或缺。我们必须认识到，卡里努斯所处的创作环境与所有的现代诗人都大为不同，在那个时代，读者并不期望诗人具有独特的原创性。读者所希望的是，诗人能说出符合特定场合的特定话语，而且必须表达得足够庄重。因此，诗人的最佳选择就是使用众所周知的常用诗歌词汇，卡里努斯也的确非常轻松而流畅地运用着那些词汇。史诗的词汇总是让他获益良多，使他诗歌的创作难度大大降低。

经过一个我们几乎一无所知的时代的洗刷，卡里努斯的诗歌只留下一些散落的片断。彼时一座伊奥尼亚城邦处在水深火热之中，伊奥尼亚诗人试图以一种英雄气概回应此次危机。西米里族人的入侵最终没有摧毁这座城邦，而在亚洲族裔的威胁之下，这些伊奥尼亚人仍然维持着一种乐天知命的[17]生活态度。在生活于公元前630年的克洛丰(Colophon)的弥涅墨斯那里，荷马的英雄主义或阿基洛库斯和卡里努斯的尚武精神已经比较淡薄——这是一场巨大的转变。与上面介绍的两位诗人不同，弥涅墨斯的诉歌主要以欢宴和情爱为主题。总体上看，他的诗歌中透着一股淡淡的愁思，他的悲伤毋宁说是一种优雅的厌倦，是一个人酒足饭饱后常常能感受到的情绪。这让人联想到伊丽莎白女王时代的歌曲：在那个生机勃勃、充满热血的历史时期，那些歌曲却在哀叹生活的徒劳与死亡的不可避免。弥涅墨斯的诗歌确实展现出他过人的天赋。浓烈的情感与充足的信心让他冲破了诉歌对句在内容上的局限,而他以如潮般汹涌的思想力量构筑了新的诗歌传统。弥涅墨斯的一些经典诗句至今仍可称得上是对某些情感体验的完美传达,它们也激发了贺拉斯等后世诗人的灵感:

[18]哦,黄金般的爱情,没有你,还如何谈得上生活与欢欣?
　　如若爱情悄然长逝,死亡就会立即扑向我们!
所有往昔美好的馈赠与信物都不复鲜活,
　　与爱人彼此间的亲昵也荡然无存。
爱情是青春的花朵。然而紧随其后,
　　便是痛苦的岁月与美的彻底消亡——
这晦暗的预兆让心灵为之疲惫
　　几乎要夺走眼前的光明和欢乐。
这预兆惊扰了少男少女们的欢梦,
　　或许是神明的旨意,才有了这命中注定的烦恼。①

　　潜藏在上面这首诗中的思想主题,是诗歌中习见的"及时行乐"(*Carpe diem*)的劝导。不过,与后世那些赤裸裸地宣扬这一观念的诗歌相比,该诗具有更多的魅力与技巧。弥涅墨斯先向读者们诉说青春的欢乐,但他同样也毫不犹豫地向大家展示它的真相。爱情,是弥涅墨斯最关注的话题,可以说在他的诗歌中具有至高的地位。从爱情这一主题出发,他引出了那古老的恐惧,这恐惧无疑会渗入所有人的心灵,无论你相貌俊美还是丑陋。诗人

---

① Diehl 辑录,辑语 1;G. Lowes Dickinson 英译。

在诗歌中呈现的思想无比单纯,虽然这也许不能涵盖他所有的生活哲学。然而,我们不能因此而忽略这些单纯思想的呈现方式与其中所体现的诗艺。我们不妨感受一下弥涅墨斯所挑选的那些十分可感的形容词,譬如"金黄色的"阿佛洛狄忒(Aphrodite),"隐秘的"情爱,"蜜一样的"礼物。①这几个形容词与其所形容的名词并不是第一次搭配在一起:前两个搭配在荷马史诗中出现过(《伊利亚特》卷六,行161;卷三,行64),最后一个则出现在一首荷马颂诗(Hymn)中。②这些词汇用在这里是如此妥帖、生动,[19]这些词组也像魔法一般为我们召唤着青春秘密的欢欣。我们也应该注意到,诗中的比喻修辞虽然不多,但都十分传神。比如:令人着迷的青春的花朵,接下去还有那形容痛苦的令心灵"疲惫"的新颖说法。最后,该诗的另一个异常显著的特点,就是诗歌节奏随着诗人的思想和感受而变化。诗歌的开始较为华丽而引人注目;随后,便是对青春短暂的描述;当那个晦暗的预兆出现,诗歌的节奏变得缓慢,句子的长度缩短,停顿也异常显著;直到最后,诗人用一个简单而魔咒般的警句结束了整首诗歌:

或许是神明的旨意,才有了这命中注定的烦恼。

几乎在每一行诗句中,诗歌本身的节奏都呼应着诗人的感受并成为诗歌不可忽略的一部分。

弥涅墨斯的诗歌反复涉及这样一个主题,而他的另一段辑语则

---

① 非常可惜,这些词汇一经翻译,韵味难免有所丧失。
② 《荷马颂歌》,第十首,行2。

向读者展示他处理该主题的多样手法。也许读者会认为,该主题在诗歌中出现频率如此之高,似乎很难有创新的可能,但诗人再一次的描述的确能令我们耳目一新。在下面这段辑语中,一个荷马的主题在诗人那里重获新生。原话是格劳克斯(Glaucus)对狄俄墨得斯(Diomedes)说过的一段著名警句:

正如树叶的枯荣,人类的世代也是如此。
(《伊利亚特》卷六,行146[罗念生译文])

当然,荷马在此处强调的是一代一代的更迭;弥涅墨斯[20]则将笔下的人物比喻为只开一次的花朵,因此他的侧重点在于个体生存的短暂:

一如树叶,我们成长于钻石般的春天
  拥抱那赋予我们生机的阳光;
沉浸于青春年少的喜悦,甚至没有察觉,
  神明为我们安排了怎样的未来。
等待你的是两种命运:其一是晚年
  那岁月暗淡的果实;其二是死亡(κῆρες),
因为青春的金色果实永远没有明天,
  就像下午的阳光般热情而注定短暂
一旦这美好的时日耗尽,也许对你来说
  活着还不如立即投入死亡的怀抱。
悲痛和不幸的命运会悄悄靠近你,
  贫穷与困厄将令你病弱无依。

也许有人依然梦想着火热的爱情

但他只能带着这梦想进入坟茔；

的确，当我们的生活转向属于苦闷的年岁，

宙斯已为我们预备了无止境的病痛。①

[21]诗人对比喻与诗歌韵律神奇的驾驭能力，引导诗歌一步步进入了激动人心的高潮。不过在此，我们要从另外两个角度来研读该诗，以便能尽力展现弥涅墨斯的诗艺与人生态度。首先，这里有他对两种命运的重要看法，即等待着所有人的晚年和死亡。Kῆρες[死亡女神]这个希腊词语的使用，说明诗人谙熟《伊利亚特》中的一段相关描写，在《伊利亚特》中，阿喀琉斯曾表示自己有两种命运可以选择：要么在特洛伊戴着荣耀的光环死去；要么默默无闻地返回故乡安度晚年（《伊利亚特》卷九，行411以下）。当然，无论选择哪种命运，死亡都只是时间早晚的差别。但是，弥涅墨斯选取这两种命运是为了提出一种别开生面的反论。对他而言，安度晚年这一命运甚至还不如死亡，因为老年会将一个人的活力剥夺殆尽，徒留干瘪的生命。无疑，诗人在使用"老年"一词时，会联想到该词在当时神话中的运用。在神话里，老年往往和带来死亡的怪物联系在一起——诸如蛇发女怪戈耳工（Gorgons）、女妖塞壬（Sirens）、鹰身女妖哈耳皮埃（Harpies）和狮身女怪斯芬克斯（Sphinx）。在弥涅墨斯看来，我们不能在那两种命运之前进行所谓"二选一"的抉择，毋宁说，它们将在我们的一生中依次出现——而且诗人认为，老年人不过是"活死人"：这无疑在人们的日常观念之上增加了一层恐惧。诗

---

① 辑语2，J. A. Pott 英译。

人确实真诚地信奉这一观点。在另一段辑语中,他哀叹晚年几乎摧毁了人们的视力和智力,让那个原本青春的人变得面目全非。①于是我们发现,荷马的一个平平常常的观念,到了弥涅墨斯这里,却构成了他精深微妙的哲思。

其次,该诗或许包含着弥涅墨斯对生活以及对人的处境的总结。[22]早期的古希腊诗人都曾做过类似的尝试,他们大多采取的形式,是追问对于人来说什么是真正的好(Good)。在这首诗里,弥涅墨斯也有自己的答案。他发现,在他生活的年代,一个人的好就在于能否享受青春的欢乐。青春之后,人们就得面对老年,面对老年所带来的困顿、孤苦与病痛——这些对于任何一个希腊人来说无疑都是不幸,所以诗人对它们的否认当然不需太多的论证。然而有趣的是,同时代的另一位诗人阿摩戈斯(Amorgos)的西蒙尼德(Semonides)对这个问题的处理截然不同。在一首诉歌中,西蒙尼德引用了荷马的词语表明自己的观点——弥涅墨斯曾借助同样的词语构造诗歌:

> "正如树叶的枯荣,人类的世代也是如此",
> 　这是希俄斯人所说的最中肯的警句,
> [23]　然而话中真理却少有人能体悟
> 　　或思考。每当眷侣们携手同游,
> 　　　希望便会在青年心中盲目滋长,
> 　　只要拥有青春绚丽的绽放,凡夫们的心中
> 　　　就充满光明,殊不知一切终将成为泡影。

---

① 辑语5。

年少时没人掂量过老去并死亡的宿命

　　健康时也无人在意以后注定的病痛。

愚蠢的世人,他们自以为是,从不知道

　　青春与生命对于人类来说都极其短暂。

认真聆听吧,当生命行将消逝,

　　灵魂应在美好之物中重得欢欣。①

看上去,西蒙尼德就好像在回应弥涅墨斯的同题材诗作。他从引用荷马的同一句诗开始,也接受了弥涅墨斯对老年、病弱和死亡的基本看法。但是,在同样的论据下,西蒙尼德却导向了完全不同的结论。他并不认为青春的欢乐即是人的"好"(Good)之所在,而是断言青春充满着幻象与徒劳的希望。弥涅墨斯也曾抱怨青春稍纵即逝,但西蒙尼德在此补充道:连整个人生都是短暂的。他削弱了弥涅墨斯带来的慰藉,并代之以一种虚无的态度,似乎唯一的乐事即注定成为泡影的希望。弥涅墨斯认为人最大的不幸在于内心的痛苦煎熬,而西蒙尼德则将这种煎熬从老年扩大到了整个人生。两位诗人同样站在主观立场之上,但西蒙尼德认为青年和老年都一样。不过有趣的是,诗人最终的结论却与弥涅墨斯有几分类似。[24]由于人的生命中没有真正的好,所以我们应该满足于"美好之物"。诗人并未说明这美好之物是什么,但无疑该结论是一种快乐主义的论点,与弥涅墨斯不同,它建立在整个人生的短暂之上,而非仅仅缘自青春的易逝。

---

① Diehl 辑录,辑语 29。参见 E. RöMisch,《古希腊诉歌研究》(*Studien zur äteren griechischen Elegie*),页 48-60,Vittorio Klostermann,1933。

弥涅墨斯作品中呈现的哲学思考绝不复杂,它更多地借助于想象力而非智力。诗人诉说这些观点时态度诚恳,然而这只是诗人广泛兴趣中的一部分,并且也并非诗人最津津乐道的部分。我们也许可以断言,诗人只是在某个时刻有所感触并写下这些想法,其他时间里,他也许正埋头于抒写爱情与欢乐之外的主题。因此,诗人也许是将诉歌视为适合于叙事、历史或神话主题的诗体。我们不必感到惊讶:这些主题的诗歌都同样可以用长箫来伴奏,因为在公元前7世纪的古希腊,并没有出现现代意义上的史学,而起类似作用的就是叙事诗歌。如同荷马在《伊利亚特》中记录了围攻特洛伊的战争,弥涅墨斯也在诗歌中保留了过往的记忆,我们可以推断,在他那里,英雄时代的传说与最近发生的史实并没有本质的区分。关于弥涅墨斯的神话主题,有两个与之有关的辑语幸运地保存至今。其中一篇里,诗人谈及伊阿宋(Iason)与金羊毛的古老传说,荷马也曾以十分随意的口吻提到该故事,这说明在那个时代该故事已广为传颂(《奥德赛》,卷十二,行70)。弥涅墨斯提及这个故事的诗句也只留下了短短的几行,[25]并且他的描述与后世诗人品达与阿波罗尼俄斯(Apollonius Rhodius)的描述几乎雷同。他讲到了居住在柯尔奇斯(Colchis)的国王怡伊帝斯(Aëëtes),讲到了伊阿宋受珀利阿斯(Pelias)之命所进行的远征,讲到了金羊毛,也讲到了阿尔戈斯英雄从海上归来的情况。从下面三行诗中,我们会发现在讲述该故事时,弥涅墨斯运用了独具特色的技巧和谋篇方式:

> 这是怡伊帝斯的城邦,这是大海的唇齿
> 这是太阳神将飞驰的光芒幽禁于黄金屋中

的城邦。这是神一样的伊阿宋的远行之地。①

虽然篇幅不长，但已足够读者们明白这样一个事实：弥涅墨斯在一个古老的故事中融入了自己主观的诗情与想象。他让怡伊帝斯居住在为无尽的大海所环绕的世界边缘，并且，他的家也成了一个神奇而富有魔法的所在——那里有一座相当于军械库的房间，被太阳神用作存放阳光的储藏室。在诗人笔下，怡伊帝斯是居住在东方的太阳之子，因此他的家实际上是一座极尽奢华的宫殿。

在另一段辑语中，弥涅墨斯所精心描述的故事似乎更多地来源于当时的传说，而非取材于史诗。对于古希腊人来说，有这么一个难以解释的现象：乘着战车从东至西的太阳如何回到东方，[26]完成下一天的使命？一种古老的看法认为，太阳实际上是一座金杯。在这种看法的基础上，有传说认为，太阳乘坐着魔杯或魔船返回东方。这个传说激发了很多诗人的灵感，比如，斯泰西科拉斯（Stesichorus）在描写赫拉克勒斯（Heracles）的西行历险时就曾引用这一说法。②然而，弥涅墨斯处理该传说时加入了更为精巧的想象，他写道：

> 太阳在所有的白日默默劳作，
> 　这工作无可替代，也没有丝毫的闲暇，
> 他必须穿越茫茫大海，行遍辽阔天宇，
> 　直到曙光女神露出她蔷薇色的手臂。
> 在深夜，他途经那奇幻的海之床

---

① 辑语11，行5-7。
② 参《古希腊抒情诗》(Greek Lyric Poetry)，页86-88。

与贝壳的山谷。借助于赫淮斯托斯的巨手,
他拥有了金黄色的华丽羽翼;他低垂着头
在波浪上似梦似醒。从夕光下红色的沙滩
到阿比西尼亚的海滨,都有骏马和战车与他同在,
怀着英雄般的渴望,他等待着初现的启明星。①

古老的神话在诗人的笔下愈发生动,每个细节都明确可感知,故事与人之间更加亲密而重要。这承载太阳的魔船由金子打造并生有翅膀,[27]它是赫淮斯托斯的作坊所出产的杰作——我们的太阳神就安睡在这魔船之上,直到新的一天到来,他才重新开始劳作。并且,在对不知疲倦的太阳的描绘中,弥涅墨斯融入了自己的哲学思想:甚至如此伟大的一位神明都免不了感受到劳苦与麻烦。

这些神话片断出自一首后人称之为"娜诺"(Nanno)的诗歌。据说,该诗是弥涅墨斯爱上一个女孩后所创作的,所以诗歌就以那个女孩命名。实际上,这首诗的真正写作背景已经难以考证,但它确实不仅仅关涉爱情,而是夹杂了神话等多样化的内容。卡里马库斯认为该诗在水准上不如弥涅墨斯那些更短的辑语,②不过,这个评断并没有严格的学术意义,因为评论者实际上是在和阿波罗尼俄斯以及长诗的鼓吹者们唱反调。但诗中ἡ μεγάλη γυνή[高大的女士]这样的描述,让读者觉得它的确有所寄托,在难以确知的主题之下,诗人安插了很多他对生活、对爱情的看法。以上我们所引用的诗行也有着多重的内容,不知疲倦的太阳属于第一层级,伊阿宋的

---

① 辑语 10;Gilbert Murray 英译。
② 纸莎草文献 2079 号,行 11 – 12。

故事则次之。诗中有一个条件句只残留了一半,但我们根据内容,大致能推断出前半句为"如果他没有得到深爱他的美狄亚的帮助":

> [28]伊阿宋就不可能走完这艰苦的旅程,
> 　　也不可能最终得到金羊毛
> 　从而完成狂妄的珀利阿斯交给他的任务,
> 　　也许他早已在茫茫大海中葬身鱼腹。①

伊阿宋的故事是爱情诗的绝佳题材,然而,在《娜诺》一诗中还有其他插曲,它们与爱情的关系并非那么明显。其中有些诗行值得历史学家们注意,因为涉及到伊奥尼亚在亚细亚沿海的殖民史和发生在士米那(Smyrna)的战争。②对于这段历史的叙述似乎显得比较谨慎,未加任何渲染,让今人很困惑的是,为何在一首感叹青春易逝、哀痛提托诺斯(Tithonus)悲惨命运(慢慢变老但永远不会死去)③的诗歌中,还会有如此客观冷静的文字。④

有关《娜诺》一诗出现多重主题的原因,或许应该归之于诉歌诗体的双重面相:它能够承载欢宴与军事这两种主题。当然,也可以说,这是由于弥涅墨斯个人的艺术趣味:他是欢乐的歌者,同时又喜欢颂扬尚武精神,而他很自然地会将这两个方面的倾向都表现在他的长诗中。最近的研究发现,弥涅墨斯还创作过纯粹历史题材的诗歌。一篇评论安提马库斯(Antimachus)的纸莎草文献曾说到弥涅

---

① 辑语11,行1-4。
② 辑语12。
③ 辑语4。
④ 辑语5。

墨斯所创作的《士米那纪》(*Smyrneis*),①这必定就是[29]泡塞尼阿斯曾提及的弥涅墨斯描述士米那人与吕底亚人战争的诗作。②不过,弥涅墨斯创作有关士米那的诗歌倒不值得奇怪。传统观点认为,士米那与克洛丰有共同的起源,或者士米那就是由克洛丰发展而来。甚至还有一些学者认定,弥涅墨斯自己就是士米那人。③《士米那纪》一诗中,诗人处理的是相当晚近的历史事件。巨吉斯(Gyges)攻击士米那发生于公元前680年左右,而诗人也遇到过亲历这场战争的幸存者。在同一场战争中,米利都遭到了入侵,而克洛丰为外族占领。因而,诗人一定对这相距不远的历史事件有清晰的感受。前面提到的纸莎草文献所引用的《士米那纪》的诗句,就是弥涅墨斯对历史的忠实记录,如同他对伊奥尼亚殖民史的记载:

> 于是,当他们知晓了国王传达的命令,
> 便在弧形盾牌的掩护下开始射击。

然而从原诗来看,诗人不仅仅停留于客观地记录战事。尤其是下面的诗句,明显地表明了诗人所怀有的英雄主义热情:

> [30]克服了力量微弱与秉性优柔的劣势,

---

① 《安提马库斯辑语汇编》(*Antimachi Colophonii Reliquiae*),B. Wyss 编,页83;Berlin,1936。[译按]克洛丰的安提马库斯是公元前4世纪左右的希腊诗人,既是诗人,也开启了后世编辑考订古典文本的先河。关于他的诗歌,近人编辑的善本可参 V. J. Matthews, *Antimachus of Colophon: Text and Commentary*, Leiden: Brill, 1996。

② 泡塞尼阿斯,《希腊志》,卷九,29,4。

③ 苏伊达辞典,Μάγνητας 词条;参见《早期古希腊诉歌》,前揭,页18。

我的父辈告诉我,他们最终战胜了
不可一世的、庞大的吕底亚骑兵队,这次胜利
　　发生于赫马斯平原,凭的就是他的长矛。
智慧女神雅典娜想必也会夸赞
　　他灵魂的热切的力量,当他
冒着敌军一支支仇恨的($βιαζόμενος$)箭簇,
　　冲锋在那血腥的沙场之上。
没有人能比他更勇敢地与敌军作战,
　　在恐怖的枪林弹雨中也没人能像他一般,
有如一束阳光刺向敌人密集的阵营。①

　　该诗展现了诗人另一方面的天性:对英雄主义的崇尚,这是荷马所热衷于歌颂的精神,看来弥涅墨斯在这一爱好上也与荷马相同。该诗所关注的历史事件离诗人如此之近,一定让诗人留下了深刻的印象。士米那人竭力抵抗巨吉斯的侵犯,而克洛丰人则向其屈服,后来这事留下了一个谚语,意即:目空一切的骄傲必将得到惩罚。据说,向生活讨要太多的人也会受到惩罚,后来的诗人忒奥格尼斯(Theognis)就认可了这样的说法:

[31]肆心让马格内西亚($παρρησία$)城灭亡,
　　同样的道理也适用于克洛丰和士米那。
　　　但我相信,居尔诺斯仍坚持着自己的行事方式。②

----

① 辑语 13。
② 行 1103 – 1104;英译 T. F. Higham。

作为一个道德评论家,克洛丰人克塞诺芬尼(Xenophanes)曾抨击过自己的同胞厚颜无耻的行径,并认为这是导致他们遭受"可恶的僭主"①统治的首要原因。弥涅墨斯当然明白,从城邦的声誉与道德的眼光该如何评价此事,但在这里他却另辟蹊径。他笔下浮现出的,是真正的、勇猛的战士,诗人对他们在战场上的表现绝不陌生。诗歌没有对战斗作公式化的赞扬,诗人明白敌军的可怕,也知晓一位勇敢的士兵仍将竭尽所能去战胜他们。透过字里行间,我们可以感到弥涅墨斯对英雄品质的珍视,因为诗人早已发现,在他那个时代勇敢是罕见的品质。吕底亚人的征服与随后的残暴统治无疑击伤了克洛丰人的自尊心,想到那些骁勇的祖先,他们肯定会无地自容。

除此之外,弥涅墨斯对暴力与勇敢行为的态度也有些出人意外。他钦佩勇敢者,但他坦率的钦佩显得古怪。对于成功的暴力行为,诗人的赞扬一反常态。说到战士们"冒着敌军一支支仇恨的箭簇"时,他使用了 βιαζόμενος 一词,[32] 其字面义为"暴力地"——雅典娜在向赫克托尔(Hector)提及阿喀琉斯的凶猛攻击时就使用了这个词(《伊利亚特》卷二十二,行229)。显然,它比常用的"忍耐"一词有更丰富的含义。同样令人好奇的是 δριμὺ μένος κραδίης[灵魂热切的力量]这一词组,它让人想到 δριμὺς θυμός[血气喷张]——在埃斯库罗斯的戏剧《奠酒人》(Choephoroi)中,该词用以形容合唱队对克里泰墨特拉(Clytaemestra)和埃吉斯托斯(Aegisthus)这对恋人的愤怒(行391-392)。在上面的诗句中,该词组表现的是受战斗刺激而情绪躁动的士兵。通过这些词汇,弥涅墨斯准确地告诉我

---

① 辑语3。

们:怎样的品质会将一个勇者带上战场。他对战斗不存有任何罗曼蒂克的幻想。《娜诺》一诗还描述了士米那早年发生的战事,诗人在那里所使用的言语可能会震动当时的希腊人:

> 我们定居在强有力的($βίην\ ὑπέοπλον\ ἔχοντες$)克洛丰,
> 　我们的军队因此变得冷酷而肆心高扬($ἀργαλέης\ ὕβριος\ ἡγεμόνες$)。①

需要注意两个地方。其一,弥涅墨斯使用的$βίην\ ὑπέοπλον\ ἔχοντες$也曾在赫西俄德的诗作里出现——后者用它形容提坦巨人(《神谱》,行670),一个传统的因自大而遭受惩罚的例子。然而,诗人紧接着又用$ἀργαλέης\ ὕβριος\ ἡγεμόνες$这一词组来形容他所描述的对象,$ὕβριος$[肆心]一词虽然加重了语气,[33]但诗人在此似乎仍将其视之为一种美德,至少他认为,人们不必为之感到羞耻。言语之间,诗人似乎是在为克洛丰人开脱,并且从另一个角度将该品性确立为一种荣耀。显然,诗人本人就曾是一个勇猛的战士,因此他认为,至少在战争中,冷酷是值得提倡的。

我们可以看到弥涅墨斯身上的贵族品质:他热爱生活中的所有乐趣,但同时又热切向往战斗者的荣誉。他内心所具有的独特的高傲符合其克洛丰人的身份,因此,他大概不在意别人的评论:

> 不妨安顿己心。冷对那些城邦民,
> 　无论他们口中说出的是恶语还是美言。②

---

① 辑语12,行4-5。
② 辑语7。

可以将之与品达对诽谤的恐惧或梭伦对名声的祈求相比较。同样,弥涅墨斯的贵族气质还表现在他对真理的如下评述:

> 你我都应该为真理留下空间,
> 它是最公正恰当的事体。①

诗人丝毫没有妥协的想法,也不会努力让自己适应周遭环境。他沉浸于自己的观念之中,而他所在的社会[34]则在相当大的程度上限制个体性的因素。诗人所承受的焦虑,并非来自于社会的剧烈动荡——像忒奥格尼斯曾经的感受,而是来自于上层贵族的退化和老年。当时有很多希腊人认为神会嫉妒人类的成功,并为这一观念而饱受折磨。显然,弥涅墨斯并不相信这种说法,因此他可以毫无顾忌地享受生活尤其是行动所带来的巨大乐趣。

弥涅墨斯将他的情感展现在音韵和谐的诗歌里。在早期的诉歌诗人中,他的作品技巧最纯熟、音乐性最强。与阿基洛库斯强烈的力量感相比,他的长项在于优雅精致和情绪的感染力。在弥涅墨斯的流畅韵律面前,梭伦和提尔泰奥斯就像是业余的诗歌爱好者,他们偶尔会捉摸到一些诗歌的技巧,大部分时候则显得笨拙而蹩脚。在其所擅长的诗歌形式里,弥涅墨斯绝对是一位佼佼者,因此我们完全可以理解并非爱情诗人的普罗佩提乌斯(Propertius)会如此声称:

> 弥涅墨斯的情诗比荷马的诗歌更加动人。②

---

① 辑语8。
② 普罗佩提乌斯([译按]约公元前50—约前15,罗马诗人),《哀歌集》,卷一,第九章,行11。王焕生译本,上海:华东师大出版社,2006。

弥涅墨斯作为爱情诗人而闻名于世,然而在他流传下来的作品中,很难说爱情是最重要的主题。诗人的兴趣更为广泛,激发其灵感的与其说是爱情,毋宁说是欢乐。因此,他渐渐转向了更高贵的诗歌题材,并在那里窥见了某种虽倏忽即逝却能悦人心目的奇异力量。但弥涅墨斯毕竟是个艺术家而非仅仅是个快乐主义者,因此,任何主题在他的笔下总能在一定程度上触及一些普遍重要的问题,同时也都能触及到生与死的永恒疑问。可以猜想,弥涅墨斯和[35]品达一样发现了诗歌中的某些东西,并且感受到描述它们的乐趣,诗人们很难定义这些东西,却能通过可见的意象将之具体化。在弥涅墨斯的 71 篇遗作中,有 6 篇涉及到太阳。即使我们暂且忽略描述那些太阳旅程的诗歌,其他的篇章也蕴含着足够多的光彩。如果一个人不能从仰望太阳中得到欢欣,诗人就会由衷地为他感到遗憾。太阳让树叶在春日生长,青春的到来也像朝阳初升一般迅疾;太阳的光芒储存在怡伊帝斯的圣殿之中,反抗吕底亚人的战士像一束阳光刺向敌人的阵营。也许,弥涅墨斯诗篇中经常出现太阳的意象只是偶然,但更令人信服的说法则是:太阳是诗人喜爱的意象,因为在太阳的光芒和力量中,有某种东西深深触动了他的心灵,就像他在易逝的青春欢乐中所发现的荣耀。

第二章　提尔泰奥斯

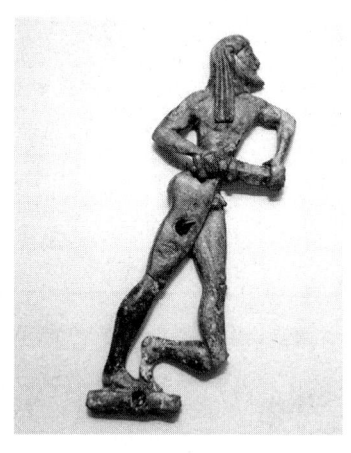

[39]诉歌诞生于伊奥尼亚,最初写作诉歌的也是伊奥尼亚人,虽然如此,他们和阿基洛库斯一样,生命中大部分时间都在浪迹天涯。除伊奥尼亚之外,多里安人(Dorian)建立的斯巴达,也是最应为我们所留意的早期诉歌发源地。公元前7世纪的斯巴达与前5世纪时有截然不同的风貌:那时,斯巴达尚有陶器作坊、象牙雕刻和黄金铸造等各项土生土长的艺术,当然也形成了与其音乐与节日相匹配的文学。那些文学作品多半是旅居斯巴达的异乡人所作,但阿尔克曼(Alcman)的辑语告诉我们,这些异乡人早已融入了斯巴达人的习俗。斯巴达的诗歌多为抒情诗体和合唱诗体(choral),不过其他类型的诗歌也陆续传入了斯巴达并留下了自己的印迹。莱斯博斯岛的泰尔潘德(Terpander)就开创了朗

诵荷马史诗的传统并为之创作了六音步史诗式的序歌(Preludes)。紧跟着史诗进入斯巴达的,就是伊奥尼亚人的诉歌。这一历史事件与提尔泰奥斯(Tyrtaeus)的名字紧紧联系在了一起——他的诗作在公元前4世纪时依然为人传诵,俨然成为斯巴达富有个性的诗人,并且在某种程度上代表了斯巴达人的精神。古人就已觉得提尔泰奥斯颇为神秘,现代的批评家对他的出身问题和作品更是争论不休。争论的焦点集中在诗人来自何方、常住何处,以及诗人笔下所抒写的内容为何。不过,在讨论其作品的种种问题之前,让我们先来看看诗人的大致经历吧。

[40]柏拉图断言(《法义》卷一,629a)——这一断言得到不少后人的附和:提尔泰奥斯原是雅典人,只不过后来获得了斯巴达公民的身份。在后世的作家如泡塞尼阿斯①那里,这一事件愈发生动:跛脚的提尔泰奥斯本是雅典的一名教师,因为一次神谕而被送到了斯巴达。我们不能随意将这些情节当作信史,它们仅仅是传说。然而,提尔泰奥斯本是雅典人这一说法自有几分道理。公元前7世纪,很多活跃在斯巴达的诗人——如泰尔潘德,泰勒塔斯(Thaletas),阿尔克曼,波吕涅斯图斯(Polymnestus)等等,都不是当地人。他们之中,只有提尔泰奥斯声称自己是斯巴达人。似乎在真正的斯巴达人看来,写诗有失体面,于是他们更愿意去雇用职业诗人。虽然如此,提尔泰奥斯却是个例外,下列理由可以证实他是个不折不扣的斯巴达人。首先,他在斯巴达的城邦中地位显赫。狄奥

---

① 泡塞尼阿斯,《希腊志》,卷四,15,6。

多罗斯①(Diodorus)和雅典纳乌斯②(Athenaeus)都曾说过提尔泰奥斯是一位将军;这一说法后来得到了斯特拉波③(Strabo)的证实,后者声称,提尔泰奥斯曾亲口表示自己在第二次美塞尼亚(Messenian)战争中领导了斯巴达人。斯特拉波列举了提尔泰奥斯的两篇辑语为证:有一处涉及战争中的阵法,还有一处是在指导那些士兵在战场上的行为法则。④ 确实难以想象,[41]在关系到国家存亡的危急时刻,斯巴达人会将如此重任交给异乡人。其次,与提尔泰奥斯同时期的斯巴达诗人,其创作的内容多为合唱诗歌,几乎无人关注过斯巴达统治阶层所把持的神圣的军事行动。提尔泰奥斯则不同,他本人很可能充当了统治阶层的喉舌,为他们的思想作出具体的解释,并指导他们战争的技艺。他的话似乎带有一定的权威,通常对那些开小差的士兵也非常严厉。以上种种,都不可能是一个异乡人能得到的待遇。作为一个尚武民族,斯巴达会承认自己缺乏诗歌的技巧,但他们决不会在战争问题上劳驾他人,无论这个人如何优秀。

至此,柏拉图与其追随者们的说法似乎只是虚构。柏拉图很有可能亲自编造了这个说法,以便为雅典和斯巴达寻找历史上的渊源,进而支持他的一个政治观点:理想的城邦应该是雅典与斯巴达的完美融合。在后来的亚历山大大帝时代,早期斯巴达的历史成为

---

① 狄奥多罗斯,《历史汇编》(*Bibliotheca historica*),卷八,36。
② 雅典纳乌斯,《筵宴集》,卷十四,630e。[译按]雅典纳乌斯(Athenaeus),盛年约在公元 200 年,出身埃及的希腊人,著《筵宴集》(*Deipnosophistai*)15 卷,引用了约 800 位多已失传的古典著作,现存 10 卷,对保留古典作品,善莫大焉。
③ 斯特拉波,《地理志》,卷八,362。
④ 残篇 1,辑语 8。

诗意罗曼史的传统主题。李雅努斯(Rhianus)曾创作过一部关于美塞尼亚战争的史诗,后来的泡塞尼阿斯将这部史诗完全当作信史,但事实上它也是虚构,对于李雅努斯来说,提尔泰奥斯的传说当然也值得利用。于是,我们可以断定,真正可信的有关提尔泰奥斯生平的资料,就是他本人的诗歌——从他的诗歌中我们得知,他在斯巴达是位很有威信的长官和将军。我们还可以知道,[42]他生活在第二次美塞尼亚战争时期,那时伯罗奔半岛南部的非多里斯人(non-Dorian)正拼命争取他们的自由——最后的结果是斯巴达人大获全胜,建立起了自己牢固的统治。这段历史大概发生于公元前7世纪的后半叶,而提尔泰奥斯应该也生活在这一时间段。诗人的一段辑语①曾提到组成多里斯人的统治阶层的三个部族,它们后来为吕库古改革(Lycurgan reform)后的五个部族所取代;另一则辑语中,②诗人说自己比忒奥朋普斯王(King Theopompus)晚两代,而忒奥朋普斯王生活的年代应该是公元前7世纪以前。以上所有证据均朝向一个结论:提尔泰奥斯是斯巴达危急年代时涌现出来的诗人,他竭力创作的目的,是为了宣扬斯巴达人的精神,是为了赢得战争的胜利。于是,他成为后人眼中斯巴达精神的化身,几个世纪以后,他所谱写的歌依然为人们传唱。

前面已经提到,诉歌由长箫伴奏。斯巴达的战士在行军时也要有长箫的声音伴随,因此我们可以推测,提尔泰奥斯的诗歌正是在行军时演唱。而且,雅典纳乌斯也曾写道,斯巴达人朗诵提尔泰奥斯的诗歌,甚至丝毫不差地按照诗中的观点行事。③ 与卡里努斯在

---

① 残篇1,行12。
② 辑语4。
③ 雅典纳乌斯,《筵宴集》,卷十四,639e。

宴席上唱给懒洋洋躺在椅子上的人听的诉歌不同,提尔泰奥斯的诉歌是给那些正在行军的人最有益的忠告。[43]与阿基洛库斯写给友人的诉歌相比,提尔泰奥斯的诉歌篇幅更长,这是因为在行军时,士兵们有充裕的时间用于歌唱。他保存下来的两篇完整作品,分别有 32 行和 44 行,只有梭伦的诗歌在篇幅上和它们相当。为斯巴达人创作诉歌的提尔泰奥斯像是一位先驱,他必须放开眼光才能找到自己的榜样。诗人也确实从卡里努斯有关伊奥尼亚战争的诉歌中汲取了营养,后者正是他所需要的范本,在此基础上,他创造出了自己的诗歌样式。这也解释了为何身为一个斯巴达人,他却经常使用同胞不易理解的伊奥尼亚方言。有些时候,他本人的斯巴达方言会代替伊奥尼亚语,比如短宾格复数形式(short accusative plural)的后缀-ας ①以及将来时的 ἀλοιησεῦμεν。② 不过这些只是个别情况,更多的时候,他使用伊奥尼亚的语法形式。这样做至少有一个优势:作为一个非职业诗人,模仿伊奥尼亚语言必将受益匪浅,因为荷马史诗中有完备的涉及军事题材的词汇和短语,完全可以直接运用到诉歌体之中。提尔泰奥斯所使用的词汇鲜有在荷马的诗歌中找不到先例的,即便在荷马史诗中找不到先例的词汇中,也有将近一半可在赫西俄德或托名荷马颂诗中找到源头,仍然没有脱离史诗传统。

[44]一般认为,提尔泰奥斯的诗歌可以大致划分为两类:一类诗诉说斯巴达的过往,一类诗则对当时的斯巴达有所建议。然而这种划分可能流于表面。提尔泰奥斯确实常将目光投向斯巴达的过去,不过那只是为了给当代人提供一个参照。比如诗人曾描述过斯巴达建立

---

① 残篇 1,行 39: χαίτας 3,5 δημότας.
② 残篇 1,行 16。

之初,赫拉克勒斯的儿子从多里斯奔赴伯罗奔半岛的传说,他也是记录该传说最早的作家。相关文字幸运地保存了下来:

> 作为克罗诺斯之子与戴着辉煌王冠的赫拉的丈夫,
> 　宙斯将这座城镇分与赫拉克勒斯;
> 从此我们离开了狂风中的埃里涅乌司(Erineüs),
> 　而来到珀罗普斯(Pelops)治下这不断扩展的岛国。①

无论是否属实,提尔泰奥斯所述都是几代人接受的传统。他们相信,多里斯人来自北方,随后便占领了原本属于亚该亚人珀罗普斯的欧罗塔斯河谷(Eurotas)。上面几行诗句出自一首名为Εὐνομίη或称为"优秀队列"的诗歌。这样的名称似乎不会早于提尔泰奥斯生活的时代,但它提醒我们,该诗涉及到新斯巴达的政体,而这种政体正是第二次美塞尼亚战争之后由吕库古所引入。也许,这种政体的一些基本原则正是经过了提尔泰奥斯的亲自修改,[45]诗人还用过往的先例和传说来加强其权威性。他向读者展示了斯巴达神圣而命定的起源,也列举了先王们的英雄传说。然而诗人并不满足于一般性的叙述。在同一首诗中,提尔泰奥斯告诉读者,德尔菲神谕曾对斯巴达城邦的建立者提出过一些忠告,他将那些忠告记录在了诗歌之中:

> "为神所敬重的国王啊,请聆听这忠告,
> 　——这将是对斯巴达城邦的庇佑:

---

① 辑语2。

在长老们旁边等而下之的民众们
更适于即刻执行的法令；
讲话应公平,处事必公正,
不可生出任何欺瞒之念。
如此则必将拥有力量和胜利。"
这就是太阳神(Phoebus)对我们的训诫。①

以上文字当然不全是历史的实情。提尔泰奥斯将斯巴达新政体的建立归功于公元前8世纪的忒奥朋普斯,而实际上,它也来源于后人称为"吕库古改革"的历史事件。在战争中,国王们维持着自己的领导权,但他们必须接受由28名长老组成的元老院的辅佐和管理。其余的城邦民[46]则有自己的公民大会(Apella)——有人推断公民大会具有最高的权力,实际上元老们有权将其解散。元老院也独立享有着起草法令的权力。关于民众所处的地位,我们也可以引用吕库古法典的辑语来说明:αἰ δὲ σκολίαν ὁ δᾶμος αἱρέοιτο, τοὺς πρεσβυγενέας καὶ ἀρχαγέτας ἀποστατῆρας ἦμεν——"若人民作出了错误的决定,元老和统治者有权予以撤销。"这一法令很可能制定于提尔泰奥斯的时代,并来源于斯巴达的传统。但为了显示这一规定的神圣性,诗人将之归于日神阿波罗的名下。

另一则辑语中,提尔泰奥斯讲述了一段非常重要的历史事件。该事件发生的时间距诗人只有两代人之遥,大概在公元前8世纪的最后几年,那时斯巴达人在忒奥朋普斯王的率领下刚刚进行了第一次美塞尼亚战争。这场战争整整延续了二十年,美塞尼亚人抵抗的

---

① 辑语3,行3-10。

阵地位于伊索米山（Mount Ithome），这是通往富饶的斯特尼克拉鲁斯（Stenyclarus）平原的必经之地。最终斯巴达人取得了战争的胜利，而作为一个自由民族的美塞尼亚从此在历史长河中消失。此次战争之前美塞尼亚人会将自己的优胜者派往奥林匹克运动会，但战争的失败令这种情况在公元前736年之后成为历史，而在公元前716年奥林匹克赛会上，也首次出现了斯巴达人的优胜者。因为年代不算久远，所以提尔泰奥斯对事件的描述异常详实且绘声绘色：

[47]……在诸神的挚友、忒奥朋普斯王的率领下，
　　我们占有了广阔的美塞尼亚。
　　那是一片适合于耕作与种植的土地，
　　十九年间，为了征服那里，
　　我的祖辈们前仆后继地战斗着，
　　且始终保持着高昂的斗志。
　　第二十年，敌人终于放弃了膏田沃野
　　从伊索米山地区彻底地消失。①

胜利之后，斯巴达人将美塞尼亚人当作奴隶对待，提尔泰奥斯用一个生动的比喻描述了这一情况：

　　像驴一样为人使唤，身负重担，
　　还要无可奈何地向主人上缴

---

① 辑语4。

自己的土地上整整一半的收成。①

　　这并不是最终的征服。在提尔泰奥斯所生活的时代,美塞尼亚人曾经奋起反抗,在平定这次反抗的过程中,他本人扮演了很重要的角色。因此,我们或许可以推测,诗人对第一次美塞尼亚战争的追溯并非单纯的回忆,而是对当前情形的训导。诗人展现那场两代人之前的、持续了二十年的战争,是为了让同代人从中得到教训:在平定这次反抗之后,[48]美塞尼亚人应该得到比先前更严酷的惩罚。我们没有理由认为,提尔泰奥斯会建议对这些战败者仁慈以待。

　　看来,在描写过往历史的时候,提尔泰奥斯一刻也没有忘记时代的使命,他的其他辑语中亦复如是。一个典型的例子是下面这则残篇,②这是一份公元前3世纪的纸莎草文献,保存于柏林博物馆。遗憾的是这段残篇已经模糊不清,很多地方难以辨认。其中包含提尔泰奥斯针对当时情况提出的一些非常中肯的建议。他告诉士兵们在行军时要懂得"用盾牌保护自己",③——这告诉我们,提尔泰奥斯所采取的作战策略区别于以往单纯的英雄主义的方式。这种策略也是对斯巴达式战斗方阵的应用,它适合于训练有素的军队,这是斯巴达人的特长。诗人还提出了另外一些命令和忠告,它们有的针对另外三个斯巴达人的部落,有的则似乎针对他本人所统帅的部队:

---

①　辑语5。

②　[译注]残篇和辑语均是对 fragment 的翻译,但前者是指从纸莎草中获取的文献,而后者则是从其他古典文本中所辑录的残章,故称辑语。

③　残篇1,行11。

帕姆庇洛伊人、海勒斯人和迪曼人
　　　　纷纷举起那足以一击致命的长矛。
[49] 我们应信奉不朽的神明，
　　　　无畏地服从领袖的命令。
　　我们应立即武装起来，
　　　　和手持矛戈的枪兵并肩作战。
　　当大家冲锋陷阵时，圆盾的相互撞击
　　　　将发出令人恐惧的喧嚣声。①

　　由此出发，提尔泰奥斯对当前这场空前惨烈、死伤无数的战争作了逼真的描述，这可以从诗中诸多细节中找到证据。虽然无法从该诗中理清斯巴达军队的组织结构，但我们可以清楚地看出，三支斯巴达军队将分别行进，而提尔泰奥斯的部队——无论它实际所指的是什么——将和枪兵（spearmen）共同战斗。诗的第 63 行和 67 行提到了城墙，第 72 行提到了塔楼，这也许是描述一场正在进行中的围城战。美塞尼亚人很可能是在西拉（Hira）的堡垒之中殊死抵抗斯巴达人的进攻。有趣的是，提尔泰奥斯在诗中使用最多的句式并非祈使句，而是将来时的陈述句：包括第 15 行的 $\pi\varepsilon\iota\sigma\acute{o}\mu\varepsilon\vartheta\alpha$，第 16 行的 $\grave{\alpha}\lambda o\iota\eta\sigma\varepsilon\tilde{\upsilon}\mu\varepsilon\nu$，第 18 行的 $\check{\varepsilon}\sigma\tau\alpha\iota\ \kappa\tau\acute{\upsilon}\pi o\varsigma$，第 22 行的 $\grave{\varepsilon}\rho\omega\acute{\eta}\sigma o\upsilon\sigma\iota\nu$，第 24 行的 $\varkappa\alpha\nu\alpha\chi\grave{\eta}\nu\ \check{\varepsilon}\xi o\upsilon\sigma\iota$，第 40 行的 $\sigma\upsilon\nu o\acute{\iota}\sigma o\mu\varepsilon\nu$，第 42 行的 $\lambda o\gamma\acute{\eta}\sigma\varepsilon\iota$，第 73 行的 $\lambda\varepsilon\acute{\iota}\psi o\upsilon\sigma\iota$。这首诗与诗人的其他诗歌对句式通常的运用方式有显著的差异，提尔泰奥斯的诗歌往往更注重战争的一般原则，而不

---

① 残篇 1，行 12 – 19。

太在意具体的战斗细节。这种差异支持如下的结论：该诗也许写于战斗间歇，那时诗人正在战壕之中等待着发动下一次的进攻。在这些细节描写之后，该诗又转入了对战争的基本原理的阐述。诗人开始向斯巴达人的神明祈祷，首先当然是[50]狄俄斯库里（Dioscuri），但也包括新近传入的神祇狄俄尼索斯（Dionysus）和塞默勒（Semele）。①

以上特别之处，对于提尔泰奥斯来说似乎只是一种偶然，诗人另外三首很可能是完整地保存下来的诗歌并不具备以上特点。这三首完整的诗歌涉及战争的一般性主题，篇幅各有不同。第 6 – 7 篇作品共 32 行，第 8 篇作品共 38 行，第 9 篇作品共 44 行。不过这三首诗的形式却多有雷同。② 在第 6 – 7 篇作品中，提尔泰奥斯用了一半的篇幅来弘扬为国捐躯的观念，另一半的篇幅则是诗人对一个年轻人的劝导。第 8 篇作品开始于对勇气的普遍歌颂，结束于对战斗行为的具体指导。第 9 篇作品的前半部分，诗人分别探讨了不同形式的 ἀρετή[卓越]，后半部分则是对勇敢者之卓越的具体分析。这种诗歌的结构组织方法在诗学上具有丰富的意味。其他诉歌诗人注意到了这种结构特点并纷纷仿效，于是它几乎成为诉歌的固定形式。克塞诺芬尼在其劝导嗜酒者的诗篇中就借用了这一结构，忒奥格尼斯则在一首有关正确使用财富的诗歌中照搬了该结构。③ 它一直

---

① ［译按］希腊神话中波厄提亚（Boeotian）英雄卡德摩斯（Cadmus）和哈摩尼亚（Harmonia）的女儿，与宙斯生下酒神狄俄尼索斯。

② 参见 R. Reitzenstein，《警句诗和宴饮歌》（*Epigramm und Skolion*），页 46 – 48。［译按］书全名是 *Epigramm und Skolion：ein Beitrag zur geschichte der Alexandrinischen Dichtung*，Giessen，1893。

③ 行 903 – 930。

流传到了罗马的希腊化时期,并重现于卡图卢斯(Catullus)①所翻译的卡里马库斯所著《贝丽奈斯之锁》(*Lock of Berenice*)。然而,对这种诗歌结构尚没有令人满意的系统研究。看上去,在提尔泰奥斯的时代,这种诗歌结构就已经是沿袭已久的法度,而提尔泰奥斯的手法非常纯熟,很可能受过学校里严格的文法训练。

[51]另外,提尔泰奥斯的这三首诗歌还有很多类似的措辞。事实上,它们的语言如此类似,甚至会让人们误认为三首诗并非同一时期的作品,而是相互模仿的产物。第9篇作品大约有五个短语以相同或类似的形式出现于第8篇作品,另外还有六个短语出现于第6-7篇作品。不过,这些相似至多只能证明,与卡里努斯一样,提尔泰奥斯在写作时也参考了史诗的短语和词汇。由于这三首诗在主题上相差不远,所以诗人自然而然地陷入自我重复。提尔泰奥斯为他的同代人而写作,荷马笔下的帝王将相们则在想象的战场上慷慨陈词。然而对于诗人来说,除开荷马,并没有更相近的风格可以借鉴。合唱颂诗(Choral Ode)这一诗体的内容与行军战士的环境格格不入。唯一可能的选择来自于阿基洛库斯的短长格和长短格诗歌,梭伦也曾为了公共目的而借用阿基洛库斯的韵律。对于提尔泰奥斯给自己设定的宏伟目标来说,阿基洛库斯的语言稍显平庸,而且带有过多的私人性质。诗人需要一种高雅的而非个人化的文学样式,它必须适合于正式场合,诉歌是唯一能够承载这些特点的诗歌体裁。在此必须指出的是,在文学实践上,提尔泰奥斯并非没有任何原创性。他可以借助自己熟练的技巧将一些平凡的短语变换出新的形式,虽然这种变形不算是什么大的发明,但它

---

① [译按]Catullus,古罗马著名的抒情诗人,约公元前87—54年。

们无疑能体现出诗人对文学技巧的重视。比如,对于"青年与老年"这样一个惯用语,诗人在第9篇作品中就有三种不同的表达方式:第27行 ὁμῶς νέοι ἠδὲ γέροντες;第37行 ὁμῶς νέοι ἠδὲ παλαιοί;第41行 ὁμῶς νέοι οἵ τε κατ' αὐτόν … οἵ τε παλαιότεροι。这些变形只是细节,[52]实际上也难算必要。提尔泰奥斯的确没有荷马那种准确把握与灵活运用语言的能力,但他也意识到有必要避免在语言上自我重复。

在第6—7篇作品中,提尔泰奥斯对上面提到的那种基本的诗歌结构进行了一次比较大的变形,以至人们一般认为这是两首诗歌的混合。① 但吕库古在演说时曾将它作为一首诗歌加以引用,这无疑是一个有说服力的证据。该诗几乎纯粹是为了募兵而写,诗人在诗中少见地没有去宣扬抽象的大道理,而是十分亲切地鼓励那些逃避责任的青年人参加军队。在这些自由的诉歌对句中,我们的确没有再看到诗人去宣扬那些抽象的观念,比如一个人只有为国捐躯才可以证明自己是 ἀνὴρ ἀγαθός [好人]。诗人如此安排的真实意图我们随后会讨论。现在,让我们先关注一下提尔泰奥斯在诗中使用的论据。他没有诉说战斗的欢乐,没有说明城邦的象征意义。他只是简单地告诉人们穷困潦倒者和背井离乡者的屈辱。诗人显然是在预测——虽然他自己并没有明说——假如斯巴达人输掉这场战争会有怎样悲惨的境遇:他们的家园会被别人抢掠一空,他们将不得不沿街乞讨,忍受路人的冷漠与鄙视。他为人们描述这番情景时显得振振有辞,像是一种强有力的威胁。随后,诗人将这一境况推向高潮:一个陷入如此境遇的人将丧失所有的荣誉和尊严:

---

① 威拉莫维茨(Wilamowitz),《希腊抒情诗的文本源流》(*Die Textgeschichte der griechischen Lyriker*),Berlin:Weindmann,1900,页111。

[53] 他将不再受人欢迎,无论到哪儿,
  可耻的贫穷与无法满足的需要都伴随左右,
  他令人民蒙羞,遮掩了本应带来荣耀的男子气概,
  在他左右,只有无尽的羞耻和轻蔑。①

上面的论述很容易成为必须为国而战的论据——提尔泰奥斯正是如此为之。

该诗的后半部分,像是诗人在私下里对一位青年朋友的规劝,因此所用的论据有着极强的针对性,他告诉那位年轻人,将所有战争的责任交给年长者,对年轻人来说是一种羞耻。在一番对不要逃避责任的整体评论之后,诗人亮出了一个独特的观点。这显然有别于斯宾塞(Spenser)提出的说法:

  年长者理应为国捐躯,年轻人则另当别论。②

提尔泰奥斯的观点正好相反。他先描述了一位老年人对死亡的极度恐惧,接着便指出,对于青年人来说,英勇就义最是理所当然。诗人依然用现实的例子劝导年轻人,力图唤醒他们的羞耻之心:

[54] 倘若我们的父辈在我们的前面

---

① 辑语 6 - 7,行 7 - 10;T. F. Highman 英译。
② [译按]出自斯宾塞 1592 年著名的哀歌(elegy)《达芙奈达》(*Daphnaïda. An Elegy upon the death of the noble and vertuous Douglas Howard, Daughter and heire of Henry Lord Howard, Viscount Byndon, and wife of Arthure Gorges Esquier*),第 243 行。

倒地而亡,这将是一种莫大的羞耻——
一个头发与胡须都已灰白的老者,
　　在尘土中奄奄一息,用沾满鲜血的手
和伤痕累累的躯体展现着自己勇敢的灵魂——
　　连神也不能宽恕这样的场面:
老人倒下而青年人安然无恙——
　　如此的青春只是一具无用的空壳。①

以上说辞很可能使一个斯巴达青年羞愧难当。在斯巴达,对老年人的尊重是非常重要的传统伦理准则,是社会向青年人反复灌输的观念,这一传统也体现在斯巴达的政治体制之中。为了达到劝说的目的,提尔泰奥斯援引了荷马史诗中非常著名的一段情节,当然描写与原文有所不同。诗人显然熟稔普里阿摩斯(Priam)在得知自己大限将临之时对赫克托尔(Hector)所说的话:

　　年轻人在战斗中被锐利的铜器杀死,
　　他虽已倒地,一切仍会显得得体,
　　他虽已死去,全身仍会显得美丽,
　　但一个老人若被人杀倒在地上,
　　白发银须,甚至腹下被狗群玷污,
　　那形象对于可怜的凡人最为悲惨。②

---

① Fr. 6–7, 21–28, T. F. Higham 英译。
② 《伊利亚特》卷二十二,行 71–76; William Marris 爵士英译。[译按]此处采罗念生、王焕生译文。

[55]无论是词汇还是故事素材,提尔泰奥斯都从荷马获益良多。而正是这种对荷马原著的模仿,使他面临着一些不可避免的问题。荷马的诗句最适合于形容一个想到自己可怕的死亡的垂垂老者;而提尔泰奥斯虽然也提到了老年人,并且在细节也令人过目难忘,但如此描写却未必贴切。此外,荷马的用语有适合于它们的特定条件。为了使荷马的思想融入自己的诉歌之中,提尔泰奥斯甚至使用了一些甚为笨拙的手段。于是,我们看到,诗人在短短的三行诗句中,两次用到ἔχοντα一词,但其含义却各有不同。① 诗人对"灰白的"这一意义所选用的形容词,似乎也没有荷马对该词的重复强调来得巧妙。毫无疑问,提尔泰奥斯只需要渲染一种悲惨的场面,而借助于荷马,他也的确达到了既定目的。当然,同样毫无疑问的是,与所效法的荷马相比,提尔泰奥斯在诗歌的技巧上要逊色许多。

第 8 篇作品以对勇气的议论开篇,诗人使用的论据亦不同寻常:斯巴达人必须勇敢,因为当逃兵的耻辱根本无法忍受。从这一观点出发,诗歌转向了对作为赫拉克勒斯子孙的斯巴达人的呼吁,诗人还告诉他们,宙斯依然是他们民族的保护者:

> 所向无敌的赫拉克勒斯的子孙们,拿出勇气来!
> 要知道,宙斯还没有遗弃我们。②

[56]上面这番话让人感觉斯巴达人似乎已经战败,他们甚至怀疑连神也站在了他们的对立面。因此提尔泰奥斯将众神的善意转告

---

① [译注]行 23 的ἔχοντα意为"已经",行 25 的ἔχοντα表示"展现了"。
② 辑语 8,行 1 – 2。

给斯巴达人,并鼓励他们向伟大的祖先学习。赫拉克勒斯是斯巴达男性的光辉典范,这位旷世英雄一生完成了很多壮举,他经常上演绝境逢生的好戏,诗人认为他的士兵们可以从中得到启迪和力量。随后,诗人又详细地向士兵讲述了一个案例,教育他们不要沦为逃兵。他指出,除了追击和溃逃之外,他们没有折衷的选项:

> 胸中充满勇气,肩并肩地
> 　　冲向最前线的枪林弹雨之中,
> 这样做的人反而不会阵亡,勇气保佑着他们;
> 　　然而那些懦夫则丧失了这最坚固的甲胄。
> 当不幸降临于这让人不齿的懦夫,
> 　　没有什么可以庇护他们。
> 一个从战场上临阵脱逃的士兵
> 　　很可能被人从背后刺穿胸膛,
> 他那倒在尘土之中、血流如注的尸体
> 　　就像是一种耻辱的化身。①

[57]以上论据是要告诉人们:奋勇前行反而比逃跑更为安全——这的确是一种特别的劝导。提尔泰奥斯就像一位循循善诱的高手,他不惜采用多种手段,阻止他的部队里出现逃亡者。于是,他在上面这段文字中提出了一个匠心独运的——虽然不是完全令人信服——理由来达到目的,并且不忘最后再次诉诸基本的羞耻感。

---

① 辑语8,行11-20。

第 8 篇作品的后半部分同样也涉及一些细节，尤其是对肉搏战的诸多指导。士兵们在短兵相接时，应该步步为营，并依照诗人的指导行进：

> 让我们的战士步步紧逼，用矛戈
> 　和长剑进攻并击杀敌人，
> 让我们的盾牌连成一片，
> 　头盔和铠甲彼此相接，
> 让我们相互靠紧，迎着敌人
> 　举起我们的刀剑和长矛。①

这些诗行也许容易让人产生误解。有人就认为这段文字经过了后人的篡改，因为据说诗中描述的方阵类型尚未出现在提尔泰奥斯生活的时代。② 但是，正如藏于柏林的纸莎草手卷所证明的，这样的方阵在公元前 7 世纪确实也已有运用。[58]而且，更为重要的是，提尔泰奥斯这段文字关注的并不是方阵的布置。诗人的目的是指导其士兵如何更合理地与敌人交战，并要求他们相互紧靠。人们对此产生误解，是由于提尔泰奥斯在这里照例借用了荷马的文句，但与原诗想要表达的内容不是特别相符。《伊利亚特》中有一段对士兵排成紧密编队前行的描写，那应该是现存对这种作战方阵最早的记载，这几行诗当然印在提尔泰奥斯的脑海：

---

① 辑语 8，行 29 – 34。
② 威拉莫维茨，《希腊抒情诗的文本源流》，前揭，页 113。他曾遭到耶格（W. Jaeger）的批评，参《提尔泰奥斯论真正的美德》（*Tyrtaios Über die wahre ἀρετή*），Berlin，1932，页 8 – 9 。

> 盾牌挨盾牌,头盔挨头盔,人挨人
> 将士们如此紧密,以至于只要一点头,
> 鬃饰的闪光头盔便会撞击前后。①

提尔泰奥斯必须描写荷马笔下所没有的情景,因此他必须在同样的语言中嵌入不同类型的行动。我们倒不一定要由此认定这是诗人的创新能力匮乏所致。也许诗人认为,用一种为众人所知的语言来表达他自己的观点是最合理的选择。然而无论如何,这一例子都证明了早期诉歌诗人与英雄史诗的密切联系。

第 6—7 篇作品与第 8 篇作品都完整地保存至今,二者是早期诉歌的珍贵范本,可以帮助我们了解早期诉歌的结构。除了上面提到的二分结构(bipartite construction)之外,[59]它们还通过其他方式体现了诗人的匠心,包括诗人对整体结构的深刻把握,这是另一位诉歌诗人卡里努斯所不能及的。两篇作品都先阐明一个总的观点,然后给出一个引人注目的例证。两篇作品的前半部分与后半部分都有一种对应关系:它们在长度上一致,还有类似的开始方式,并且同样拥有一段呼告式的言论和一个言简意赅的结尾。两篇作品都关注战争的某个主要方面,并且为民族的未来忧心忡忡——前者是看到募兵的情况而引发的担忧,后者则为可能的战败而感到焦虑。诗人发现,当时有一部分斯巴达人并不情愿参加第二次美塞尼亚战争,有记载表明,②那些在战争面前退却的人会遭到长官的毒打。对于这种现象,诗人认

---

① 《伊利亚特》卷十六,行 215—217,William Marris 爵士译文。[译按]中译参罗念生、王焕生译本。

② 亚里士多德《尼各马可伦理学》,卷三第 8 节,1116a,注 36。

为自己有必要及时地规劝那些人迷途知返,勇敢地为国出战,而诗人似乎也对自己诗歌的规劝效果非常自信。但在第 8 篇作品中,οὔπω[尚未]一词在开端时的使用似乎告诉我们,提尔泰奥斯往往是在事情进展不如人所愿的时候才提笔写作。

提尔泰奥斯的诗歌中都蕴含着某种生活哲学,它们在希腊人的思想中占据着相当高的地位,并且很可能是在这些诉歌中得到了初次呈现。提尔泰奥斯关注两个紧密联系的观念:ἀνὴρ ἀγαθός[好人]与他的ἀρετή[卓越]。第一个观念出现在第 6 - 7 篇作品的开篇,诗人通过一个优雅的对句展示了这一观念:

[60]那在战场上倒下的人是美的(καλόν),
　　他曾无畏地为了自己的祖国而战斗。①

第二个观念出现在第 8 篇作品第 14 行,其内容是对懦夫的评论:

　　而懦夫则失去了所有的男子气概。

当一个男人选择做他应当做的,那就是καλόν[美的];当他作出了相反的选择,就是αἰσχρόν[耻辱的]。两个词在两首诗歌中都反复出现,为诗歌赋予了伦理品格。在第 6 - 7 篇作品中,战场上死去的人是"美",而临阵脱逃和老年人的死亡则是"羞耻"。第 8 篇作品也告诉读者,那些懦夫,以及那些因逃亡而被敌人从背后射杀的人,"羞耻"都是他们应得的惩罚。这两个形容词异常直率,它们包含着

---

① 辑语 6 - 7,行 1 - 2,T. F. Higham 英译。

诗人赞许或否定的态度,或者说它们一定是种让人感到骄傲或羞耻的评价。而且,它们与前面提及的"好人"与"卓越"等相关观念有一定联系。这是一套隐含的伦理体系,对我们解读提尔泰奥斯的思想来讲至关重要。

在此,我们发现古希腊人第一次呈现出这样一种思维倾向:试图为他们认为重要的观念下定义。为了得到一个关于好人($ἀνήρ\ ἀγαθός$)的清晰定义,需要相当程度提炼能力。在任何一个人被评价为"好"之前,必得知道人如何才是好的。① 在荷马那里,我们会发现诸如某人善于此事或彼事之类的文字,[61]但我们绝对找不到对所谓"好"的确切定义。一个人可能像斯巴达国王墨涅拉俄斯(Menelaus)那样 $βοὴν\ ἀγαθός$[善于战吼](《伊利亚特》,卷二,行408 等),一个人也可以 $βίην\ ἀγαθός$[孔武有力](《伊利亚特》,卷六,行478),即像赫克托尔理想中的儿子所应成为的那样,或 $πύξ\ ἀγαθός$ [善于搏斗](同上,卷三,行237),即像波吕杜克斯(Polydeuces)一般;一个人还可以像阿伽门农一样是一位了不起的领袖(同上,卷三,行179);或者像医神阿斯克勒庇俄斯(Asclepius)的儿子一样是一名优秀的医生(同上,卷二,行732);又或者像阿喀琉斯的仆人那样善于周到地侍奉主人(同上,卷十六,行165)。但是我们发现,荷马笔下的这些英雄没有一个人被直接形容为 $ἀνήρ\ ἀγαθός$ [好人]。荷马也从来没有说过哪一个男人可以成为所有男人的典范。有时,他单独使用 $ἀγαθός$ [好的]来形容某个人,但却没有说明他具体的优点。比如,他就用这个词形容过阿喀琉斯的父亲(同上,卷二十一,行

---

① 对这一问题的探讨,参见 J. Gerlach 的《好人》(ΑΝΗΡ ΑΓΑΘΟΣ),尤其是页 14-21。[译按]这是 J. Gerlach 博士论文,Ludwig-Maximilians-Universität,München,J. Lehmaier,1932。

109)和阿尔西诺厄斯(Alcinous)的儿子(《奥德赛》,卷8,行143)。在这两个例子中,荷马所表达的含义类似于"高贵"一词,他指的也许是一种良好的出身和优秀的血统。然而这只是我们的猜测。总之,荷马几乎没有关于"好人"的观念。到了提尔泰奥斯那里,情况就完全不同了:这一观念构成了诗人的哲学中关键的一环。

在抽象的层面上,ἀρετή[卓越]代表了好人的品质,也是这种品质在行动上的具体表现。荷马只用该词形容各种具体的行为,它显然不能涵盖一个人所有的责任。与荷马不同,提尔泰奥斯对该词有着清晰的[62]意义指向,而且,他对该词的解释正是出现在诗人所有保存下来的作品中最长的一篇,即第9篇作品中。那实际上相当于一篇关于ἀνήρ ἀγαθός[好人]本质的专门论文,详细讨论了他对ἀρετή[卓越]的理解。另外,该诗同时还是提尔泰奥斯现存最具文学性、最具原创性且结构最精巧的作品。然而,正是因为该诗与他的其他作品相比过于突出,人们反而怀疑该诗的作者是公元前5世纪或公元前4世纪的一位雅典诗人。① 这种误解完全是由于人们的臆断。该诗开端所描写的神话明显具有斯巴达式的风格,把它安在雅典人身上显得非常勉强。雅典人丝毫不关心珀罗普斯身上体现出的君王品质,而阿德拉斯托斯②(Adrastus)实际上是整个伯罗奔半岛的英雄。至于诗歌第21行提及的方阵和第25行描写的圆形盾牌,同样是属于公元前7世纪而非前5世纪——这一点可以从柏林纸莎草的残篇中得到佐证。在语言风格上,第6-7篇作品、第

---

① 威拉莫维茨,《希腊抒情诗的文本源流》,前揭,页111;另外参耶格的回应,《提尔泰奥斯论真正的美德》,前揭,页4-10。
② [译按]阿德拉斯托斯(Adrastus),阿尔戈斯王,是远征忒拜的七英雄的首领,也是唯一的生还者。

8 篇作品与该诗的相似性也远远大于其不一致之处。从诗歌的结构来考察,也有足够的理由认为该诗是出于提尔泰奥斯手笔。诗人在诗中使用的技巧以及遵循的原则都与他的其他作品一致。

　　第 9 篇作品分为两部分。前半部分阐明的论点是:"好人"可以在战争中得到真正的检验——这实际上是对第 6 – 7 篇作品开端之观点的进一步发挥。诗人采用了比较和排除的论证方法。[63]诗人列举并反驳了其他人提出的对好人的看法,给人的印象是,诗人列举的大多是他不赞同的流俗意见。该诗一开始便使用了一连串的排比句,显然诗人在此颇为注意文学技巧:

　　　　我将不会绞尽脑汁,试图去描述或追忆
　　　　　　赛跑场与摔跤场上展现的胆量,
　　　　也不会去夸赞某人有着独眼巨人般的力量与体魄,
　　　　　　而且行动迅捷如色雷斯的北风,
　　　　更不会说他比提托诺斯(Tithonus)还要美好,①
　　　　　　比基尼拉斯王(Cinyras)或弥达斯王(Midas)还要富有,
[64]　　哪怕他的君王气概堪比坦塔罗斯的儿子珀罗普——
　　　　　　能言善辩胜过阿德拉斯托斯,
　　　　我不再费心去歌颂这种种名望,只愿关注战士的勇猛。
　　　　　　没有人能证明自己是好人,

――――――――

　　① [译注] 提托诺斯(Tithonus),是特洛伊城的建造者拉奥墨冬的儿子,希腊神话中非常著名的美少年。黎明女神厄俄斯爱上了他,祈求宙斯让他不死,却忘了要求宙斯让提托诺斯"长生不老"。所以,她只能看爱人慢慢老去,提托诺斯最后力量与知识丧失,整个人日渐萎缩,最终竟缩成一只蝉,虽然永生,却渴望死亡的降临。

除非他曾勇敢地站立在血腥的沙场上
　　面不改色地面对杀气腾腾的敌军。
对于男人来说,最美妙的奖赏
　　和最大的荣耀,就是赢得胜利。
当一个人挺立在战场的最前线,
　　没有丝毫退缩或畏惧的念头,
目光坚定,勇往直前,
　　还用自己的言语鼓舞战友
——这才是战场上涌现出的好人,
　　对整个城邦,对全体人民,这才是优秀。①

　　这种以排比句式列举多种可能的诗歌形式,是对传统的沿袭。至少忒奥格尼斯诗歌第 699－718 行采用了相同的手法。在后者那里,诗人用同样的程序分别探讨了拉达曼提斯(Rhadamanthus)②的谨慎,西西弗斯(Sisyphus)的睿智,涅斯托尔(Nestor)的雄辩以及北风之子们(Sons of Boreas)③的迅捷——最后得出结论,他们中没有谁称得上 ἀρετή[卓越]。也许这是当时的诗人所熟知的套路,即列举世俗所认为的关于男人应该如何如何的意见,然后将它们统统否定——提尔泰奥斯也是如此。而且,诗人所列举的那些看法绝非随意写就——它们都是当时一部分斯巴达人所以为的最高贵的品质,也正是提尔泰奥斯要着意纠正的观念。

---

①　辑语 9,行 1－20。
②　[译按]拉达曼提斯(Rhadamanthus)希腊神话中冥府三判官之一。
③　[译按]北风之子们(Sons of Boreas),北风神 Boreas 之子 Calaïs 和 Zetes,又称为 Boreads,二者皆以行动迅速闻名。

诗人最后的结论也可以从希腊贵族政制的历史中找到证据。提尔泰奥斯首先提到了竞技场上的胜利者，[65]这决不是偶然：包括西蒙尼德斯（Simonides）、品达、巴克基利得斯（Bacchylides），甚至是克塞诺芬尼，都将无比巨大的荣誉赋予希腊竞技场上的胜利者。另外，从历史上看，在接下来的一个世纪里，斯巴达人开始不断赢得奥林匹克运动会的桂冠，这一趋势在提尔泰奥斯生活的时代已经渐露头角，所以也对诗人的创作产生了影响。此外，诗人以提托诺斯为例来说明某些人对美貌的崇拜，也可以在希腊古瓮上找到证据，古瓮上刻画着一些仅仅因为美貌扬名的少年，这体现了人们赋予这些美少年的巨大荣誉；在西蒙尼德斯的一首诗中，诗人比较了四种"最好的事物"，最后将桂冠戴在了美貌的头上。随后提及的珀罗普斯王曾出现在品达的第一首《奥林匹亚凯歌》，在品达笔下，珀罗普斯就被当作高贵气质的真正典范。阿德拉斯托斯的能言善辩让我们想起克塞诺芬尼曾有的抱怨，后者认为诗歌理应比竞技运动获得更多的尊敬。不同于以上种种观念，提尔泰奥斯设立了一个理想化的勇敢士兵的形象来与之对抗。对他来说，"好人"与他的ἀρετή[卓越]都必须在与敌军的英勇战斗中体现。如此观点，在之前希腊人的作品中还从未得到表述，这也许是斯巴达人独有的观念。

提尔泰奥斯并不满足于上述结论，某种程度上，他又希望把他的ἀρετή变成城邦中普遍的优秀。于是在接下来的篇幅中，他展示了这一形象如何代替荷马笔下的英雄而成为城邦新的理想个体。阿喀琉斯、狄俄墨得斯等人并不是为了城邦而战，他们捍卫的只是个体荣誉。实际上,在提尔泰奥斯看来,亚该亚人①传诵的英雄没有一个配得上"好人"的称号。不过,[66]荷马塑造的赫克托尔,倒是与提尔泰奥斯的理想人物较为接近。赫克托尔曾发表过如下言论:

> 最好的征兆只有一个——为祖国而战。
> (《伊利亚特》,卷十二,行 243)

赫克托尔希望他的儿子阿斯提阿那克斯(Astyanax)长大后继承父辈们"保卫特洛伊"的精神(《伊利亚特》,卷六,行 403),与斯巴达人的理想有某些共同之处。事实上,荷马还曾借赫克托尔之口谴责帕里斯(Paris),因为后者诱拐海伦的鲁莽行为给整个特洛伊带来了灾难:

> 对于你的父亲、城邦和人民都是大祸。
> (《伊利亚特》,卷三,行 50)

借助赫克托尔这一人物,荷马确实塑造了一个类似于提尔泰奥斯的理想人物的形象。然而在荷马塑造的众多人物中,赫克托尔只是其中之一,因此我们无法得到结论,认为他就是荷马心目中男人的理想范例。而在这方面,提尔泰奥斯的态度则要明确得多。他只有这么一个类型的理想人物。理想人物必须把自己的生命献给他的城邦与人民。而且,也只有为了城邦与人民的利益,这一人物才会有

---

① [译按]亚该亚人(Achaean),据说是居住在伯罗奔尼撒半岛上的一希腊人种,创造了迈锡尼文明,在《荷马史诗》中泛指希腊人。

成为"好人"的机会。脱离城邦的人似乎永远不会有这样的机会。

提尔泰奥斯在该诗的后半部分描述了理想人物将得到的奖赏，这奖赏首先是死后的，然后才是此生的。这样的顺序不会让他的读者感到疑惑，因为诗人一贯认为，相对于此世的生活，死后的幸福更为实在，更能让人满足。当一位好人在战场上捐躯，他的奖赏便随即而来：

> [67] 无论老少，都为他的牺牲而动容，
> 整个城邦心怀巨大的悲恸而哀泣，
> 所有人都会知道他的墓碑何在，他的后代
> 以及他后代的后代都将获得荣耀。
> 他的美名与事迹将永垂不朽：
> 他将在泥土之下永生。①

在上面这段引人瞩目的宣告中，有两个地方尤其值得注意。首先，死者的声名将在他自己的城邦与人民中传诵，无论生前身后，他都只属于他们，同样，也只有他们会为他的死而哀悼，并纪念他的事迹。在荷马史诗中，英雄们的丰功伟业将在诗歌中传扬，但荷马从没有说过，他们的名声在自己所在的城邦中究竟怎样——实际上，那些英雄所期望的并不是局限于一座城邦之中的名望，而是期望能成为所有人口口传诵的佳话。但是，对于提尔泰奥斯来说，没有任何超越于城邦之上的荣誉。因此，为一座城邦所铭记，是一个人所能企望的最高成就。其次，提尔泰奥斯许诺的死后不朽，绝不仅仅

---

① 辑语9，行27–32。

是一种文学想像。在某种意义上，死者活在人们的记忆之中——这一说法尤其适合于诗人所在的那个人与人之间关系紧密的共同体，我们强调的个体性在那样的共同体中几乎是一种无意义的虚构。在诗人看来，一个人生活的实质存在于他与同伴们的联系之中，如果同伴们活着并且记惦着他，[68]他的生命就以某种形式延续。这是提尔泰奥斯首先提出的信念，后来西蒙尼德斯描述斯巴达人时拓展了提尔泰奥斯的看法。西蒙尼德斯认为，在温泉关（Thermopylae）壮烈牺牲的斯巴达勇士们已经成为了 $ἀνδρες\ ἀγαθοί$ [好人]。他们虽死犹生，将永远得到人们的崇敬。

该诗的最后几行描述一个活着的英雄所受到的尊敬。最后，提尔泰奥斯用一个对句来结束整首诉歌：

让这个男人去攀登勇武的顶峰吧：
他将永远斗志高昂，在战争中绝不退缩。①

这是诗人提尔泰奥斯之主张的最后总结，它含义明确，无可争论。这让我们想起赫西俄德的一句名言，那句话提醒我们，提尔泰奥斯的教诲已经暗中反驳了一个古老的信念。赫西俄德也曾关注过 $ἀρετή$ [卓越]的问题，他认为一个人想要达到 $ἄκρον\ ἀρετῆς$，即卓越的顶峰，是极端困难之事（《劳作与时日》，行291）。在讨论这个问题时，赫西俄德还提到了劳作的重要性，以及辛勤劳作所带来的奖赏。提尔泰奥斯的观点与赫西俄德迥然不同，他对于男人的义务与最终的死亡都有较为独特的看法。自然，提尔泰奥斯本人也不会赞

---

① 辑语9,行43-44。

同赫西俄德的某些其他观点,比如,斯巴达的统治阶级不必像粗野的农夫一样为生计而努力劳作。所以,提尔泰奥斯在相关问题上必然会做出一些修正——事实上,他的很多看法都受到了当时正在发生的政治事件的影响。他本人经历了艰苦卓绝的第二次美塞尼亚战争,[69]由此,他得到的结论是,一个男人最高尚的品质就是敢于无畏地战斗。他不遗余力地赞扬具有这种品质的人,并且为他们许诺了美好的奖赏。历史给予诗人以有力的支持。后人将提尔泰奥斯当作真正体现斯巴达精神的诗人,而公元前6世纪到公元前5世纪的斯巴达统治又是对诗人理想的具体实现。这些见解也从斯巴达向其他地方流传,到了公元前5世纪,它几乎得到了雅典人的认可。希罗多德①与修昔底德②都曾使用 $\dot{\alpha}\gamma\alpha\theta\delta\varsigma$[美的]这一形容词来形容在战场上展现出自身价值的人。在雅典人的墓志铭中,常会将战死沙场的人称为 $\check{\alpha}\nu\delta\rho\epsilon\varsigma\ \dot{\alpha}\gamma\alpha\theta oi$[好人]——然而,这些认可只出现在一些个别的情况之中,总体来看,提尔泰奥斯的教诲依然主要在斯巴达城邦之内盛行。他是推动吕库古改革的诗人,他的思想让这次改革成为可能,进而成为支撑它的精神内核。当泰勒塔斯、波吕涅斯图斯以及其他诗人早已被人遗忘的时候,正是这一精神内核使得提尔泰奥斯为后人久久铭记。

斯巴达人以严酷的态度面对生活,提尔泰奥斯在解释这一生活态度时也毫不掺杂任何柔弱的感情。乍看起来,诗人的观点与荷马有颇多类似之处,比如二人都对好战者和勇士充满敬意。但实际上,两人观点的不同之处更为显著,它们反映了从史诗时代到城邦

---

① 希罗多德,《原史》,卷一,169;卷六,14;卷七,53。
② 修昔底德,《伯罗奔半岛战争志》,卷四,40;卷五,9。

时代的巨大转变。提尔泰奥斯笔下的士兵为了城邦而战,不考虑自己的利益;在作战时,他们总是集结成群,一般不会成为孤胆英雄;他们的美名不靠某个匿名的后世诗人的歌颂,而是在其同胞之中广为传扬。提尔泰奥斯笔下的英雄首先是一个城邦民,而他们成为英雄的原因,[70]也只是因为他们的行为称得上优秀的城邦民。提尔泰奥斯从未如荷马一般,甚或弥涅墨斯那样,对战争有任何轻快的理解。提尔泰奥斯对战争的看法非常严肃,认为战争是必然之事。另外,为了未来丰厚的奖赏,也为了避免成为让人摒弃的懦夫,战士必须忍受痛苦。有时候,提尔泰奥斯会激起读者强烈的好奇心;这位诗人是否就是一个曾经浴血奋战的士兵呢?他给人的感觉实在不像是一个端坐在司令部的高高在上的长官,而且似乎不只是拥有纸上谈兵、鼓舞士气的才能。当然,不可否认的是,他首先是一个态度诚挚的诗人,他向我们描述自己身体力行的信念,还尝试用自己的方式解释人在世界之中的地位,试图给出一个连贯的解释。后来的希腊思想家们也许建立了比提尔泰奥斯更为引人入胜的体系,但他的开创之功永远不能抹杀。

第三章 梭 伦

[73]虽然提尔泰奥斯地位崇高,其观点影响甚广,但我们很难认为他拥有较高的文学独创性。他的权威来自于如下事实:他向其同胞宣传了斯巴达人的至高理想,他的观点成为了斯巴达尚武的统治阶级的传声筒。提尔泰奥斯与诉歌诗体的下一位重要人物梭伦形成了鲜明对比。事实上,只要稍加留意,从这两位诗人的分歧中,我们就可以找到使斯巴达和雅典最终成为不共戴天之敌的根源。在雅典城邦的发展史中,梭伦曾起到过重要的作用。作为萨拉米斯(Salamis)的征服者、立法者以及贫富阶层之间的仲裁者,梭伦在他的时代拥有独特的地位,并成为后世雅典人心目中的传奇。他以政治行动而闻名,但他无疑也是一位诗人,他用韵文表达了自己对生

命、对政治的看法。因此,在所有希腊早期的立法者中,梭伦让我们感到最为亲切。通过他的文字,我们得以了解他的诸般动机与种种情感,他对自己行为的解释,以及他对现实的感受。于是,理所当然地,在诗歌史中他也自有其地位。在梭伦之前,雅典人似乎远离诗歌,甚至在他去世之后的大半个世纪的时间里,雅典人还没有认识到诗歌的力量。然而,梭伦为诗歌在雅典的发展铺平了道路,而且《忒奥格尼斯诗集》(*Theognidea*)的存在也表明,他的诗歌艺术在雅典后继有人。与阿基洛库斯类似,他运用过三种形式的诗歌:诉歌,短长格诗和[74]长短格诗。但与阿基洛库斯不同的是,在梭伦那里,不同的文体没有明确分工,而是为着同样的目的。他希望自己的作品不仅仅在兵营中或宴席上传播,而是拥有范围更广的听众。他希望自己的诗歌打动雅典人,为此他不断地磨砺自己的技艺。可以说,梭伦对诗歌技艺的追求与前人大异其趣。提尔泰奥斯当然也鼓舞了群众,不过他们大多是受过训练的、纪律严明的士兵。梭伦的努力有自己独特的方式,他希望借助自己的诗歌使人们支持他的立场。从梭伦开始,诉歌这一体裁开始成为更高的政治与教化之资。

大约公元前 640 年,梭伦出生于一个显赫的雅典家庭。他在青年时代似乎曾以经商为业,并到处游历,这一过程中积累的丰富的生活经验对他以后的写作大有裨益。另外,受其所在圈子的影响,梭伦养成了贵族的从容气度与自信,这些品性以后也始终未曾消失。因此,梭伦虽然后来参与了大量的政治活动,但决不会成为一个充满仇恨的革命者。他自身所葆有的贵族气质可以从下面两行诗句中体会出来:

> 我祝福那位异乡的友人,他疼爱自己的儿子;

> 还经常骑马捕猎，后面跟着心爱的猎犬。①

同样类型的诗句还有：

> 我钟爱塞浦里斯（Cypris），狄俄尼索斯，
> 以及缪斯女神——他们给人们带来欢乐。②

[75]以上诗句中的高雅兴趣伴随着诗人度过了漫漫时光，终其一生，他也未曾发现比它美好的东西，亦未尝窥见其中有任何不当之处。但是，梭伦并未因此而心满意足。他在自己周围发现了不公正的事情，他希望阻止这些事情的发生。诗人怀有良知，也没有失去贵族阶层的责任感（oblige）。梭伦那几乎是与生俱来的哲学观点，可以由他写给另一位诗坛前辈弥涅墨斯的诗行中推断出来。弥涅墨斯曾表述过如下的观念：

> 我愿自己不为疾病和心碎所困扰，
> 在六十岁那年安然辞世。③

这显然是快乐主义者的信条。梭伦拒绝了这一信条，并试图为生命寻找一种并非终止于快乐的结局。他在下列诗句中纠正了弥涅墨斯的观点：

> 如果你耐心听我讲述，就会摒弃陈见，

---

① Diehl 辑录，辑语 13。
② 辑语 20。
③ 辑语 6。

> 而不是恼于我更好的规划,温柔的歌手呵,
> 如果你倾听这样的曲调,你当会改弦易张:
> "但愿我能在八十岁那年安然辞世"。①

弥涅墨斯强调青年的巨大欢乐与老年的无聊可怕,因此,他很难赞同上述观点。反过来,梭伦显然也不会向弥涅墨斯的观点妥协,梭伦对弥涅墨斯观点的纠正[76]展现了他独特的智慧。他的生活目的不在于个人的享乐,而是要正直行事,追求好名声。在同一首诗中梭伦还表示:

> 我的死亡不应悄无声息,在我身后
> 朋友们应该为我悲伤,为我流泪。②

诗人希望人们会因为他出色的功绩而怀念他,而一个人活的时间越长,他所能完成的事情就越多。

在梭伦生活的时代,散文尚未成为一门艺术,诗歌成了唯一探讨永恒问题的手段——虽然这一手段还并没有在雅典广为使用。于是,我们很容易理解,为何他将诗歌当作唤醒人们政治热情的工具。在一首诉歌中,诗人借他人之口道出如下事实:梭伦曾在雅典人群密集的市场中当众朗诵诗歌,以号召民众为征服萨拉米斯而战。那首当众朗诵的诗歌长约一百行,据说普鲁塔克就对该诗青睐有加。该诗如今只留下片段,但我们仍能从中看出梭伦对自己的诗

---

① 辑语 22 行 1-4。
② 辑语 22,行 5-6。

歌艺术的信念。那首诗是这样开始的:

> 我是自美丽的萨拉米斯归来的信使
> 一路带来不需言语的精美歌谣。①

为了说服雅典民众同意出征萨拉米斯,梭伦必须让更多的人接受他的诗歌,因此他称自己为信使。诗人声称,自己有重要消息要向大家宣告,这则消息关系到每一个人的利益。通过这样一种郑重其事的宣告,[77]诗人希望能唤起民众强烈的爱国情感,使他们能像自己一样以母邦的利益为重。对于诗人来说,放弃萨拉米斯就完全丧失了城邦的尊严。如果这种事情真的发生,他情愿生活在一个不知名的小岛,也不再愿意做一个雅典公民。梭伦如此描述这份奇耻大辱:

> 我甘心做一个福莱甘德罗斯(Pholegandrus)人,
> 　或是西基诺斯(Sicinos)人,而不愿出生在雅典,
> 因为不久人们就会说:"他来自雅典,
> 　那个怯懦地放弃了萨拉米斯的地方"。②

梭伦的诉歌饱含爱国情感与启迪民众的强烈意识。他希望唤起的并非个体意识,而是共同体的意识,他在意的羞耻也不仅仅是属于某些人,而是加之于整个族群。他的诗艺服务于整个城邦,反

---

① 辑语2,行1-2。
② 辑语2,行3-6。

思了关系到所有城邦民的问题。

梭伦似乎从提尔泰奥斯那儿学到了一些诗歌技巧。首先就是将诉歌用于公众事务,并作为政治演讲的手段;其次也更为重要的一点是,梭伦的诗歌中有不少与提尔泰奥斯的文辞相似,这种相似很难归因于偶然,再加上这些文辞的独特性,也不太可能出自另外一些一般性的文本。梭伦的 φειδωλὴν ψυχῆς οὐδεμίαν θέμενος [丝毫不吝惜自己的生命](辑语 1,行 46),使读者想起提尔泰奥斯的 ψυχέων μηκέτι φειδόμενοι [不吝惜自己的生命](辑语 6,行 14);他的 ἢ παῖδες τούτων ἢ γένος ἐξοπίσω [将由儿女或者子孙后代来偿还](辑语 1,行 32),又类似于提尔泰奥斯的 καὶ παίδων παῖδες καὶ γένος ἐξοπίσω [将由儿女甚至子孙后代来偿还](辑语 9,行 30)。同样的例子还有很多,梭伦:πείσεται ἡγεμόνι [他信从领路人](辑语 18,行 2),提尔泰奥斯:πεισόμεθ' ἡγεμόσιν [他信从领路人](辑语 1,行 15);[78]梭伦:οἳ πολλῶν ἀγαθῶν ἐς κόρον ἠλάσατε [拥有过度财物的人](辑语 4,行 6),提尔泰奥斯:ἀμφοτέρων δ' ἐς κόρον ἠλάσατε [两边都陷入过度](辑语 8,行 10)。当然,除了提尔泰奥斯,影响梭伦的诗人还有很多。不过,需要特别说明的是,梭伦看起来并没有受到荷马太大的影响——除了少数重要的场合他可能会引用荷马,这或许是因为,战争题材并不是梭伦诗歌中惯常的主题。与荷马相比,赫西俄德对于梭伦来说更值得借鉴,他很可能认真研究过这位诗人的作品。赫西俄德首先在形式上对梭伦所有影响,更重要的是,梭伦在诗歌中所表达的一些见解,可由赫西俄德的观点推演而出。[①] 这种影响尤其体现在一首著名的诉歌中,德摩斯梯尼(Demosthenes)曾在雅典

---

① 参见耶格,《梭伦的好礼法》(*Solons Eunomie*),行 73 – 79。

的一次政治辩论中引用该诗。

对于诗歌如何面向公众提出忠告,赫西俄德提供了一个先例。他指导自己的兄弟珀耳塞斯(Perses)该如何生活,并声称缪斯女神可以为他说的话作证。同样,梭伦也善于提出忠告,不过他没有将缪斯作为忠告的来源,而是将之归功于内心的引导。他说道:

> 我的心要求我将这些话告知雅典人。①

与赫西俄德依赖某个神明不同,梭伦认为内心的召唤足以成为正当的理由。这一点也许源自某种古老的信仰。他察觉到雅典人面临着巨大的道德危机,试图警告人们如果继续这样下去必将得到的惩罚。为了达到该目的,他必须把自己放在一个特殊的地位上——这让我们想起荷马的一段著名诗句。在《奥德赛》中,[79]当众神正在讨论埃吉斯托斯谋杀阿伽门农的罪行时,宙斯说道:

> 如今,埃吉斯托斯超越命限,奸娶
> 阿特柔斯(Atreus)之子的发妻,杀其本人于归国时,
> 虽然他自己明知会暴卒。为了警告他,
> 我们派遣目光犀利的弑阿尔戈斯神赫尔墨斯(Hermes),
> 要他勿杀阿伽门农本人,勿娶他妻子:
> 当奥瑞斯特斯长大成人,怀念固有的乡土时,
> 他将会为阿特柔斯之子报仇,
> 赫尔墨斯这样善意规劝,却未能打动

---

① 辑语3,行30。

> 埃吉斯托斯的心灵,欠债已一次清算。①

正像众神委派赫耳墨斯前去警告埃吉斯托斯一样,梭伦认为自己也应该警告雅典人当心可能降临的天谴。这样一种充当众神使者的使命感,并不仅仅来源于荷马。赫西俄德也曾用同样的方式对珀耳塞斯提出了警告和规劝。事实上,《劳作与时日》的双线结构——一方面是对不公正行为的警告,[80]另一方面则是对好行为的引导——很可能为梭伦诉歌中类似的结构提供了一个参考。

这首诉歌由一个导言性的四行诗开端,其内容是宣布雅典的坚不可摧与雅典娜对它的庇佑。该诗节的作用意在解除潜在的对梭伦不热爱城邦的指控,同时也提出了雅典为神明所照看的重要观念。此后的诗歌可以分为两个部分:第一部分描述雅典现实存在的罪恶,而第二部分则开出医治罪恶的良方。第一部分主要涉及雅典城邦的领导者与统治阶级的恶行,梭伦认为是他们造成了雅典城邦现在的状况,在列举他们的罪恶行径时,梭伦采用了传统的语言风格:

> 民众怀着疯狂的愚蠢(ἀφραδίῃσιν)扑向私利,
>   丝毫不顾及城邦因此将遭受的损失,
> 尤其是一些城邦领袖,他们的心浸满罪恶、
>   定会因肆心(ὕβριος)招致惩罚。
> 因为他们行为无度(κόρον),无法满足于

---

① 《奥德赛》卷一,行 35–43,J. W. Mackail 英译。[译按]中译参王焕生译本,北京:人民文学出版社,1997。

日常的酒宴中正当的享乐。①

在此，诗人谴责那些领袖犯了自古就为人所不容的恶习，也提及他们的傲慢。诗人说他们将因[81]肆心(ὕβρις)、无度(κόρος)而遭罪，并认为他们如此的行为实在是愚蠢之至(ἀφραδίαι)。

梭伦并不是第一次用这样的语气发表言论。他认为自己有必要提醒那些统治阶级，他们的欲求早已超过他们所应得的范围之外。他也的确早就这么做了：

在巨大的激情面前，你应当保持冷静，
　激情会将一切善事变成过分之举：
应尽力将高傲的心智保持在一定限度之内。
　不要向激情屈服，因为它对你无益。②

梭伦相信，为了避免惩罚，城邦的富人们应当遵守基本的行为准则，比如他所强调的节制。在他们的贪婪和傲慢中，诗人看到了无度的恶习，因此，诗人希望能重建中道。然而，梭伦也并非认为只有富人才有罪恶，他同样发现穷人并非无可指摘——在这一点上他秉持着公正。梭伦相信，建立良好的秩序会帮助所有的人摆脱罪责：

在它的指引下，人们会渐臻佳境

---

① 辑语3，行5-10。
② 辑语4，行5-8。

> 既不过分放纵又不受太多束缚。
> [82]无度会产生肆心,继而引起其他的恶习
> 凡人的内心并不足以甄别这一切。①

这里所宣扬的教诲,与诗人之前对富人提出的关于罪恶根源的观点类似。所谓"无度"会产生"肆心"指的是:当一个人拥有了他所不应得到的东西时,他会变得无度并索要更多。这一看法似乎沿袭了传统。此后的作家,比如忒奥格尼斯、品达和埃斯库罗斯都曾将该观点稍作修正,并融入自己的总体观点之中,唯独梭伦原封不动地引用了这一观点——也许,诗人认为这一传统观点无需任何修改。

从这一伦理观点出发,梭伦进一步描述富人阶层的一些具体恶习:他们对财富的趋之若鹜,霸占公共财产;梭伦警告这些富人,他们一定会得到正义女神的审判。Δικη[正义女神]在诗人那里特指惩罚的权力,这一概念有着历史与共同体方面的重要性。这并不是对某个个体的宣说,而是对某个阶级或一个城邦的言说。诗人对这一概念的阐释和运用体现出治邦者(statesman)与贤者(sage)的气质。通过这一概念,梭伦希望所有雅典人明白一个道理:每一位城邦民都要为雅典今后可能出现的衰落负责。他还要让人们知道,人类的恶行要由人类自身担当,而不能归咎于神明。在这里他又让读者回想起宙斯在《奥德赛》中所陈述的一些一般性原则:

> [83]可悲啊,凡人总是归咎于我们天神
> 说什么灾祸由我们遣送,其实是他们

---

① 辑语5,行7-10。

> 因自己丧失理智,超越命限遭不幸。①

以上说法与梭伦的观点多有相似。两者都表示,人类应该为自己的恶行负责。而且,两位诗人都对自己笔下的人物发出警告:荷马警告的对象是埃吉斯托斯,而梭伦则指向全体雅典人。似乎埃吉斯托斯和雅典人都辜负了这份苦口婆心,只好一步步走向自己的厄运。当然,两位诗人的描述也有不同之处。荷马关心的只是某个人。在荷马描述的事件中,除了埃吉斯托斯,其他人都不会受到影响,埃吉斯托斯将受到的惩罚仅仅针对他本人。然而,梭伦生活的时代已经不属于个体英雄的时代。诗人生活于城邦时代,他指出的问题是整个城邦的问题。因此,可能来临的惩罚也是对整个城邦的惩罚。梭伦明确地说明了这一点:

> 不可避免的灾祸将会降临于整个城邦,
>   她将会迅速坠入受人奴役的深渊,
>   而在这个过程中所出现的内乱与纷争
>   将毁灭许多值得垂爱的青年。②

"整个城邦"这一词组明确体现了梭伦对该问题的见解。[84] 受到惩罚的不仅仅是有罪的富人阶层,还包括城邦所有的居民。

其次,虽然梭伦认同一个传统的观念,即正义的力量必然会对罪行作出惩罚,但他对这一观念的处理却有着独特之处。赫西俄德

---

① 《奥德赛》卷一,行 32–34,J. W. Mackail 英译。[译按]中译参王焕生译本。

② 辑语 3,行 17–20。

也曾处理过这个观念,他还生动地描述了正义若为人忽略将发生怎样的事情:

> 上界的神明会降下巨大的灾祸:
> 饥荒与瘟疫盛行,人民陷入困苦,
> 妇女无法生育,家园分崩离析
> ——这就是奥林波斯的宙斯的旨意。
> (《劳作与时日》,行 242 – 245)

梭伦预言的灾祸却与此不同,它们更多是政治上的,尤其是内战和为暴君所奴役。对梭伦来讲,正义是一种神的力量,正义女神知道发生了什么和即将发生什么;她总是提前安排好了一切,并总能给予恰当的赏罚,当然这些赏罚要通过凡人的生活来实现。也就是说,正义女神或她的仆人(命运)绝不降下意外的、不合常理的灾祸,她会让人们感受到:自己的惩罚正是由他们曾经的恶行一步步所导致的。因此可以说,赫西俄德的正义是一种神学的产物,而梭伦的正义则是一种政治哲学,他对正义女神的理解是出于对事件内在逻辑的清晰认知。

该诗的最后,梭伦开出了医治城邦病症的良方:简单地说,[85] 就是用良好的礼法($E\dot{v}νομίη$)来取代当前的混乱状态($Δυσνομίη$)。在论述这一主题的时候,梭伦展示了他雄辩的口才,并使用隐喻和技巧娴熟的对句为读者描绘出一幅栩栩如生的画面:

> 我遵从内心的命令,提醒雅典人:
> 多数由混乱所带给我们的灾祸

>都可以在良好的礼法下重归和谐:
>
>　　它会给邪恶的人以约束,
>
>会驯服粗暴,消除肆心,惩戒残忍
>
>　　铲除刚刚萌芽的愚蠢行为,
>
>它能杜绝欺诈,让自大者变得文雅,
>
>　　还能制止可恶的派系之争
>
>与势不两立的冲突。一切事物
>
>　　都将在其中得到明智与有序的安排。①

很有可能,良好的礼法(Εὐνομίη)这一概念是在这段文字中才第一次进入了希腊政治思想的领域。后来,该词语成为了寡头政治的常用词汇,正如Ἰσονομίη[平等]一词之于民主政治。品达认为,良好的礼法(Εὐνομίη)是科林斯(Corinth)和埃吉纳(Aegina)地区的特色,[86]而希罗多德则用它来描述斯巴达的吕库古改革。然而,梭伦使用该词时并没有这些偏向性的含义。在梭伦之前,也只有荷马曾涉及这一思想,后者笔下的奥德修斯曾告诉安提诺奥斯(Antinous),神明的眼睛环绕着城邦,探查哪些人狂妄,哪些人遵守法度(《奥德赛》,卷十七,行486)。而在赫西俄德那里,Εὐνομίη[秩序女神]与正义女神、和平女神一样是忒弥斯②的孩子(《神谱》,行902)。在早期,Εὐνομίη一词并非是一个政治词汇,而是一种精神上的状态,荷马将它当作肆心(ὕβρις)的对立面,类似于σωφροσύνη[节制]。梭伦认为,城邦内部相互斗争的两大派系如果都能融汇并贯彻这一思想,

---

① 辑语3,行30–38。

② [译按]忒弥斯(Themis)本身即是掌管法律、正义的女神。

一切都将臻于完善。我们可以看出,梭伦的改革建议切中时弊,人们不应指责他的观点仅仅是抽象的说教。而且,他本人进一步认定,单单外在的政治改革是不够的,人们还需要内心的转变。

梭伦感到,为了其改革方案的顺利实施,他必须采取完全超越派别的立场。虽然富人们有种种恶行,但他并没有制定针对他们的法律。用他自己的话来讲:

> [87] 我给予平民以足够的权利,
> 　　既不嫌少,也不过多。
> 　对于那些一向有权有势的人,
> 　　我使他们满足于自己所应得的。
> 　我坚固的盾牌将平等地保护双方
> 　　并将制止所有不公正的胜利。①

但是,和所有超越派别的人一样,梭伦发现双方都没有因此而感到满意。富人认为自己曾有的很多权力被剥夺,穷人则继续大声疾呼,要求得到更多的土地。梭伦坚持自己的意见,尤其是其政治思想背后的哲学。然而随着时间的推移,当梭伦垂垂老矣之时,庇西特拉图(Peisistratus)成为僭主,颠覆了梭伦的体系。一向反对暴君专制的梭伦当然不能容忍后者的做法。当庇西特拉图的支持者们将梭伦说成是疯子时,他愤然指出:

> 过不了多久,你们将会明白我疯狂($μανίην$)的真意,

---

① 辑语 5,行 1-6;G. A. Highet 英译。

>   当真理降临我们之中的时候。①

梭伦像以前一样对城邦发出警告。他信心满怀地等待事实来证明自己的正确性。与品达类似,梭伦认为时间终将向人们表明是非曲直:"最睿智的证据就是即将到来的日子"。诗人还确信,自己有资格警告人们城邦当今的错误将带来深重的灾难。敏锐的政治嗅觉让梭伦敢于做出预言。

[88] 即使梭伦亲眼目睹了僭主的出现,他最基本的原则也没有丝毫动摇。他向人们描述他所看到的现象,并对这些现象作出自己的解释:

>   来自乌云的暴雪与冰雹开始肆虐,
>   电闪雷鸣也纷纷滥施淫威。
>   位高权重的人让这个城邦走向毁灭,而人民
>   因无知而成为臣服僭主的奴隶。
>   将人带回他所远离的港湾,实在太难,
>   趁如今为时未晚,立即反省这一切吧。②

以上仍是诗人一贯的观点。受僭主奴役的危险是其有关肆心($ὕβρις$)的教诲的一部分,而他对人们的无知之原因的探究,则是有关智慧的系统看法的一个方面。另外,有关天气的比喻绝非只是一种修辞。在诗人的哲学中,政治事件实际上也和自然事件一样,用

---

① 辑语 9。
② 辑语 10。

现代话语表述,两者都受法则的支配。梭伦看到了僭主到来的预兆并得出自己的结论。在另一段诗文中,他反过来用政治词汇表述自然事件:

[89]如果狂风不再席卷而过,那么
　　平静的大海就是最公正的事物。①

诗人的意思是,如果没有那些干扰性的因素,平静的大海就像是秩序良好的城邦。在庇西特拉图的例子里,所谓干扰性的因素就是那些卑劣的人们,他们甘心奉承并帮助那些自许的僭主,而人民也正是因此而受奴役:

假若你们因卑劣而承受重重熬煎,
　　那就切莫将这一切归因于神明。
你们应该指责那些你们所保卫并因你们而地位提升的人,
　　是他们让你们陷入受奴役的状态。②

诗人再次申明自己一向信奉的观点:人们要为自己的不幸下场负责,而不幸往往是由于人们的卑劣。

上文讨论的诗歌,其写作无疑源于现实的诉求,它也给后人提供了一个范例,表明梭伦如何用自己的观点解决实际的政治问题。下面我们将要谈及的,是诗人留下的一首长达 76 行的诗歌,在那里

---

① 辑语 11。
② 辑语 8,行 1-4。

他从理论上阐述自己的主要原则,并且几乎向读者和盘托出自己的生活哲学。我们无法确知那首诗创作于诗人漫长一生中的哪个阶段。它有着缜密的思维,因而不像在青年时期写就;它涉及奴隶制(serfdom)的相关内容,因而也不应是在诗人担任雅典执政官之后所写。综上所述,该诗很可能写于诗人刚刚进入中年的阶段,[90]那时诗人还没有开始推行他的政治改革。因为他论述的问题或多或少是听众有所了解的,所以在诗中,他并不需要明确地论述自己所有的观点,但对于后世的读者来说,追踪作者的思想线索就变得比较困难。在诗中,梭伦没有关注任何一个具体的危难,也没有什么警告或建议。他放弃了自己通常的教诲式口吻,转而以沉思般的方式思考那些最基本的原则。从某些地方来看,该诗可以和提尔泰奥斯的第9篇作品相比较,只是其文风没有后者那般优美,提出的观点也与后者相异。梭伦十分坦诚地告诉大家,诗中内容非常重要,因此,他为该诗的艺术性花费了大量心血,使用了大量优雅的词组与恰切的比喻。如果读者能认真跟随诗人的思路,其含义与重要性自然会浮出水面。①

该诗开始于向缪斯女神的祈祷:

> 记忆女神与奥林波斯之王宙斯的光明子孙
> 　　皮埃里亚的缪斯,请聆听我的祈祷。
> 从众神那里,请您赐我以幸福(ὔβϱις),
> 　　从众人之中,请您赐我以美名。

---

① 参威拉莫维茨,《萨福与西蒙尼德斯》(*Sappho und Simonides*),Berlin,1913,页 257 – 268;E. Römisch,《古希腊诉歌研究》,前揭,页 1 – 37。

愿我能给朋友带来欢乐,给敌人带去悲伤,
从前者那里赢得尊敬,使后者纷纷惧怕。①

显然,梭伦尽可能多地向缪斯祈求赏赐,虽然后者在其权限之内并不可能给予所有这一切。[91]诗人事实上是将众缪斯当作众神的中介,他期望自己的诗歌就是祷告词,得到来自上天的回应。另外,这些祈祷要求的内容虽多,却是人人都会承认的成功。如若众神赐予他好运气,那么ὄλβος[幸福]一词同时也就包括了财富的取得,由此推演下去,众人将敬仰他的财富,而他必将拥有很高的名望。接着,他将带给朋友以欢乐并给敌人以悲伤,这一系列的结果都是其成功与否的验证。当奥德修斯对瑙西卡娅(Nausicaa)诉说男人和妻子融洽地生活在一起所带来的好处时,曾提到:

令心怀恶意的人们憎恶,
亲者欣慰。②

当萨福(Sappho)为兄弟的胜利归来祈祷时,她也希望自己的兄弟能"给朋友带来欢乐,给敌人带去痛苦"。在希腊人看来,如果一个男人得到了他所想要的,他也一定会得到朋友的敬重与对手的嫉妒。因此,这个对句其实只是再次确认了前面曾提到的愿望,并且主要是为这一愿望提供了验证的方法,以便在神赐的幸福到来之时,人们能立即辨认出这种幸福。

---

① 辑语 1,行 1-6。
② 《奥德赛》卷六,行 184-185;J. W. Mackail 英译。

在这里，诗人也略微涉及有关幸福的观念，这一观念显然也来源于传统。在第一首《皮托凯歌》结尾，品达向希耶罗（Hieron）传达了一个类似的理想，诗人写道：

> [92] 幸福是最重要的、最丰厚的奖赏，
> 　　好名声这一财富则位居次席。
> 　　如果一个人发现并拥有这两者，
> 　　他就戴上了最高贵的冠冕。

但这只是为该诗揭开了序幕。接下来，诗人还要涉及更为复杂、更为独特的观点。在该诗的剩余部分，梭伦几乎再也没有提到他为自己祈祷的这些幸福。诗人以一个有关财富问题的讨论承接上面那段祈祷，这个论题显然也和幸福有关，不过诗人主要是借该讨论将话题引向不义之财的问题，而且，"不义之财"显然已经上升到形而上的层面。在这一话题上，似乎诗人有很多的感慨和观点需要表达，而由此所牵涉到的问题，其实也正是梭伦哲学最具特色之处。所谓公正与不公正的财富之分别，在诗人那里有非常重大的意义。公正来源于神明，它是 ἔμπεδος [稳固的]，公正就像一个装满谷物的鼓囊囊的麻袋，稳定而自足。梭伦在这里又使用了赫西俄德众所周知的观点，后者也曾表达过类似的区分：

> 财富不可强夺，最好是由众神给予。
> （《劳作与时日》行 320）

因此，我们不必详细地论述梭伦这一区分的含义。诗人觉得，

挣钱的方式有好有坏,这一点大多数人都会同意。在探讨这一话题时,诗人的独特观点体现在下面这句话中——这也几乎是我们研究梭伦这一独特理论的唯一线索:

[93]我愿保持现有的财富,但不义地夺取
　　非我所愿。①

梭伦似乎认为,最好的事情就是满足于自己所拥有的,也许,这是他探讨该话题的用意。然而他并没有真正明确该论点,而是继续探讨有关不义之财的问题,这也引申出不义之财所带来的后果。

对于梭伦来说,这个问题尤为重要,因为他后来的改革在很多方面与其相关。他将之视为另一个普遍问题的一部分,即什么是不道德行为,以及什么能引发不道德行为,使人变得愚蠢迷乱($ἄτη$)。诗人认为,不义之财源自肆心,即所谓$ὑφ' ὕβρεις$,而肆心的出现是因为不守规矩($οὐ\ κατὰ\ κόσμον$),是不公正行为的后果。更引入注目的是,不义之财的到来并非是钱财心甘情愿($οὐκ\ ἐθέλων$),这个词还意指因违背本性而不可捉摸的情况。因此,梭伦将不义之财的获得与$ὕβρις$[肆心]的表征联系起来,并在自己的政治诗歌中对之进行批判。肆心是另一种贪婪。在这一话题上,梭伦曾经说过不少,也没有提出更多新鲜的见解。不过这一次,他却给出一个不同往常的解释。他称其为一种妄尊自大的精神状态,并将之与盲目和愚蠢($ἄτη$)联系起来。此处,诗人又引用了一个古老的观念。阿伽门农对阿喀琉斯说过,自己也曾是"愚蠢"的受害者,这位英雄还认为,这

---

① 辑语1,行7-8。

一切皆源于宙斯(《伊利亚特》,卷十九,行 136 – 137)。梭伦对此观念的使用有自己的特点,他对之做了两处改变。其一,通过一个精彩的明喻[94](像席卷大地与海洋的风,只留下纯净的天空),他向读者描述了宙斯对"愚蠢"的愤怒。然后,诗人又进一步解释了这一比喻的含义:

> 这便是宙斯的报复。但与凡人不同,
> 　宙斯从不会随意发泄自己的怒气。
> 然而他也不会放过任何一颗有罪的心灵:
> 　恶行终将大白于天下。
> 先是这一个,然后是另外一个,无人可以幸免。
> 　报复就这样自然而来:那些人自以为
> 早已逃脱了天谴,岂料这惩罚
> 　甚至将继续加诸他们无辜的后代。①

对梭伦而言,宙斯之怒不同于凡人之怒。前者不会因为怒火中烧而任意地将惩罚施加于人——就像赫西俄德曾描述过的那样,而是等待适当的时机以便实施惩罚。依靠自己诗性的想象,梭伦颠覆了前代诗人对神的描述,他不再以凡人为中心来窥测诸神,而是从一个更高远的视角,将耐心等候时机的能力还给了无处不在的神明。其二,赫西俄德在说明神对恶人的惩罚时,更多地将之描述为一种强加的行为,[95]而不是自然而然地由人的罪行引起。梭伦则将惩罚视为罪恶之行本身所招致的自然后果。如果一个人成为肆心与愚蠢的俘虏,那么终有一天他将走向毁灭。而且,他的后世子

---

① 辑语 1,行 25 – 32。

孙也可能受到连累,因为没有人知道以往罪行的后果何时降临。梭伦还思考了不正当的敛财行为给受害者带来的麻烦。当然,这些绵延不绝的报应会对某些阶层稍显不公,因为他们不得不担负先人曾经的错误和残忍,这种不公催生了共同体的革命。

到此为止,人们所划分的该诗的第一部分便结束了。在这一部分,诗人不遗余力地阐释了不义行为的性质,并假设它是由愚蠢引起,他还将该观点与自己的整个思想体系连缀起来。该诗的下一部分,也就是第33-62行,初看起来似乎和诗人前面所论述的主题没有直接关联。其内容是对不同人类行为的描述,几乎可以看作梭伦对自己所处时代的希腊人生活全貌的记录。在开列各种行为之前,梭伦为读者提供了一个线索,它告诉我们:在讨论了不正当的敛财方式这一愚蠢行为之后,他将更广泛地讨论存在于人们之中的各种谬误及其所导致的行为:

> [96]我们是自以为是的凡人,不论好坏,
>> 固守着自己可笑的意见,直到
>> 灾祸让我们追悔莫及。而之前
>> 我们仍在徒劳的希望中无法自拔。①

可以确定的是,上面这段文字所提供的线索指向下列人群:自认为终将康复的病人,自认为勇敢的懦夫,以及自认为美丽的丑八怪。另外,这段文字还可以针对那些为了取得财富而忙碌的商人和农夫,这也是下文中将要提及的职业。然而,此处的行文中存在一个潜在问题。梭伦认为,还有一些职业不是徒劳希望的受害者,比

---

① 辑语1,行33-36。

如能够谋生的工匠,能够熟练运用诗艺的诗人,能够预测灾难的先知,甚至包括有时能够治愈伤痛的医生。这些人没有受希望的奴役,甚至能够主动掌控希望。梭伦的这种区分究竟有何用意?

很可能,梭伦在此处省略了其思想进路中的一些必要的过程和环节。这么做的理由是,诗人认为熟悉自己思想的人自然会明白他的观点。的确,那些省略的思维环节可以依据原文推演出来。工匠、诗人、先知和医生,这些职业在两个方面区别于商人和农夫。首先,从事这些职业(指工匠、诗人、先知和医生)的人不会沉湎于不可实现的希望,也不会有贪婪的恶习。其次,这些职业都在神明中拥有保护者。工匠的保护神是雅典娜与火神赫淮斯托斯;诗人的保护神是缪斯女神;先知或预言家的保护神是阿波罗;医生的保护神则是派埃昂(Paeon)。[97]以上两点区别本身就说明了问题。从事这些职业的人所受的保护,使他们不用过多担心生计问题,而且,他们对于自己的未来也并非一无所知。事实上,梭伦在该诗很多地方的用语都特意强调了他们在这些方面的认知,比如第50行的 $δαείς$ [教导],第52行的 $ἐπιστάμενος$ [精通],第54行的 $ἔγνω$ [了解]。诗人还告诉我们,医生有时能够治愈病人。因此,诗人对人类的营生作出了相应的区分:完全由神明掌控的营生与人类可控的营生;可以确定地获利的营生与完全为不确定性操纵的营生。以上两种分类中的后者,从某种程度上说都是"愚蠢"的牺牲品。当然,他们以此营生也许无可指摘,也不必然要得到惩罚。然而,通过这些人工作中的盲目性,我们可以感受到"愚蠢"是如何蔓延的,并且明白它影响的是人类精神中的哪些部分。换句话说,通过呈现人类反复无常的欲望,这些阶层的人为梭伦的道德理论提供了精神和心理上的证明。

在强调徒劳的希望时,梭伦让我们想起了西蒙尼德斯作品中对人类幻想的激烈批判,还有赫西俄德对希望的毫不留情的抨击。后者甚至认为,正因希望锁在了潘多拉之盒中,人们的生活才会毫无希望可言。不过,梭伦并不同意这两人对希望的看法。西蒙尼德斯将所有的欲望都归类为徒劳的希望,赫西俄德也认为,生活中如果没有希望这样一种安慰反而会更好。为了避免出现理论上的困境,梭伦将希望归类为不确定的欲望。这样一来,那些基于理性认知的行动就不再属于希望的范畴。而且,梭伦还将获取财富的行为作出了道德上的区分。[98]现实告诉诗人,无论何时何地,只要关系到金钱与利益,人们就会产生疯狂的幻想,而这正是他所不赞成的。他将这种幻想称为"空虚的希望",并将之归于劣等生活所具有的一个特征。如果人们抱有希望,有朝一日就一定会失望。从这一角度来看,他们和"愚蠢"的受害者相似。但是,如果他们从事需要学识的职业,就不会抱有这种期望,从而也就不会有幻灭。

然而,梭伦还是感觉到某种困境。毕竟,最终的决定权掌握在神明而非凡人的手中。正如诗人所揭示的,是神明赐予人类技艺。假使神明收回这种能力,人类又将如何呢?诗人没有回避这一困境,并用该诗剩余的篇幅回答了这一问题。诗人承认,从根本上讲,我们必须听从命运的发落或怜悯。命运带给我们好运或者不幸没有商量的余地。因此,生活中我们总是或多或少地感受到无常的力量。我们不能确知自己行为的后果,因为有时候善行未必有善果,恶行却能带来成功。这一切诗人了然于心,但他仍坚持自己的主要论点,即一旦我们追逐财富,总有一天会陷入自己也无法逆料的境地。那是种永远无法满足的欲望,而所谓"愚蠢"就从这种欲望中衍生出来,并且,宙斯必然会对之加以惩罚。于是,该诗就结束于这样一个极富道德色彩的劝诫。

必须承认,这首诉歌在艺术性上并不特别值得称道。它给读者留下的印象是,似乎梭伦只是把自己的思想硬塞进诗歌的框架之中。但从总体上来说,该诗毕竟提供了一个完整的说法,[99]并有着统一的外观。它关系到诗人对自己生活最深切的思索,而且,读者应当已经体会到,该诗中不乏宗教情感与宗教思想。它分别探讨了人类在自然中与在神明面前的不同位置。与所有希腊人一样,梭伦认为神明是不可理解的,诗人曾在以往的一首诗中写道:

没人能够猜透不朽神明的心思。①

这首诗也延续了同样的思路,只是到这里,诗人不再默认人类的绝对无知,而是转而宣讲人类的无知有何局限性,即人类应当明白自己究竟能知道多少——同时,他还努力保持这一改变与之前观点的一致性。于是,我们可以将该诗的主题简要总结为"凡人的缺陷",这一主题包含三个方面:首先,因骄傲而形成的道德上的绝对盲目;其次,在追逐财富时,将自己交付给偶然性,从而体现出来的无知;最后,也是最容易救赎的无知,就是对需要学识的行业的无知。这三种类型的无知各有其神学上的意义。第一类是人类自身之卑劣的产物,第二类来源于他们的幻觉,而第三类之所以能够得到挽救,是因为诸神偶尔会向他们投出指明道路的光芒。然而,梭伦最后不得不承认,虽然有以上的一些认识,但总体来说,人类所有的活动都存在着巨大的不确定性因素。不过,这并不必然使人们陷入盲目而愚蠢的生活方式之中。诗人向缪斯恳求,[100]希望她们

---

① 辑语17。

能赐给他自己所理解的美好生活——因为诗人明白，这理想凭自己的力量无法实现。诗的最后，诗人突出了这样一条训诫：一切幸福均须仰仗诸神的馈赠，非人力所能得到。

梭伦试图发现一种内在的秩序，他的结论和探索并非仅仅具有政治学和伦理学的意义。他努力将自己的方法应用于阐释更加自然的现象，在梭伦流传至今的诗歌中，有一首诗就专门考察了人生命中的不同阶段。该诗建立在一个古老的观念之上，即认为数字七有着不同寻常的意义。所以，梭伦也将生活以七年为期划分为不同的阶段，每个阶段都有自己的特殊性并在人生经验中添加上一些新鲜的因素。诗人的这些观点很难反驳，而且能从科学上得到论证：比如生理研究告诉我们，人的身体每七年会更新一次。在人生的前五个七年中，梭伦更关注人的身体变化。孩子在人生的第一个七年里完成换牙的过程，这期间，可以用 $ἄνηβος$［未成年］和 $νήπιος$［孩子］这两个词来形容一个个体，此时的个体还不能称为智慧的存在。随之而来的第二个七年将个体带入青年时代，他开始步入通常所说的青春期。第三个七年，他的四肢逐渐强壮，胡须也开始从面颊上冒出来。第四个七年则是他最有力量的时期，也是最适合发扬运动风范的时期。第五个七年是他生命中的黄金时代，也是结婚的最好时机。梭伦这里继承了赫西俄德的观点（《劳作与时日》，行695），并且他的说法也为柏拉图所采用，① 他们都表示，三十岁是结婚的最佳年龄。［101］梭伦显然认为身体上的成长到第五个七年时业已完成，此后他便将注意力转移到了精神的成长上面。在人生的第六个阶段，也就是35岁到42岁之间，一个人身体方面的各种机能已经完善，在心智上已经完全有可能领会所有的

---

① 柏拉图，《王制》460e；柏拉图《法义》772e。

事物。然后的第七与第八个阶段，则是人的心智与语言能力的最高峰，并且也是人开始走向衰退的时期。当第九个阶段——56 岁至 63 岁——到来之时，他的语言与各项技能开始减弱。如果能够活到 70 岁，他就已经避免了过早死亡的遗憾。

这是一首奇怪的诗作，文辞朴素，有点像散文。虽然人们对其真实性有所怀疑，但至今还没有人能证明它不是梭伦的手笔。梭伦用一种毫不矫饰的坦白来表露自己所坚信的观点。同样没有疑问的是，诗人在该诗中认可 70 岁是适合死亡的年龄——虽然他也曾告诉过弥涅墨斯，自己希望能活到 80 岁。当然，诗人在弥涅墨斯那里为了特意强调自己的观点而进行了某些适度的夸张。为了证明该诗确是梭伦所作，有人指出了一个虽不够有说服力但确有价值的论据：该诗的作者一直试图寻求有秩序的生活模式。梭伦在以上的考察中收获了一种循序渐进的发展程序：首先是身体，然后是精神；他还以自己特有的方式，在每一个阶段中都发掘出其卓越（$ἀρετή$）的一面。比如，人生的第四个阶段的优越性在于身体上的机能：

> 第四个七年，是人的黄金时期，
> 　最富有力量，这也是一个优秀男人的标志。①

[102]然而，到了第九个七年，男人卓越的标志却变成了精神——虽然这一阶段也是精神开始走向衰退的时期：

> 到人生的第九阶段，他的力量已经衰减，

---

① 辑语 19, 行 7 - 8。

而语言与技能成为他更加卓越的明证。①

于此,诗人思考的实际上是诗人和政治家的命运,这两类人的卓越就体现在语言和其他的能力之中。由此我们发现,梭伦有关 ἀρετή[卓越]的观念比提尔泰奥斯的类似提法要宽泛许多,梭伦并不试图在人类身上寻找一个有关卓越的单一定义,他相信,凭借自己的才能和积极的行动,人有能力不断超越,不断探寻出新的可能性。

如此论断再次展现了梭伦成熟而圆融的智慧。梭伦沉浸于美好之物中,同时对于人类所应努力的目标有着全面的理解。事实上,他的观点也许来源于一种古老的传统,在这种有教养而又谦逊的生活方式里,对神明的敬仰具有不可替代的重要性。诗人当然不希望看到这种生活方式与其所具有的信念日渐消亡,他抨击了自己所在阶层中的某些人,因为按照他的观点,他们不符合这个阶层的特定要求,并且,他们自私自利的傲慢已经或即将导致灾祸。人们完全可以说,梭伦回溯到了一个更为朴素、更为谦卑的时代,他甚至认为所有的美德中,最值得颂扬的是拥有土地的绅士们那朴素的美德——那些人拥有足够的金钱、土地和马匹,也从不缺少美食、衣装以及各种日常用品。② 但是,诗人也并不因此而相信金钱的作用,[103]他对金钱显然有比较全面的认识。他知道,在现实中很多好人穷困而恶人富有,他相信 ἀρετή[美德/卓越]比财富更为重要,因为 ἀρετή 可以长存,而财富则经常更换主人,有时还会使曾经的富人一无所有。③ ἀρετή 这一概念对诗人来说至为关键,虽然他并没有给

---

① 辑语 19,行 15–16。
② 辑语 14。
③ 辑语 4,行 9–12。

出一个明确定义,但读者仍能推断出它的大致含义。它大概关系到保持公正的品质;也包括避免傲慢和愚蠢;它要求一个人满足于自己已经拥有的,并努力完善自我以符合自己的身份。如果能做到这些,此人就称得上是好人。

梭伦是典型的雅典人。正如所有堪称模范的雅典人一样,在他身上混合着两种信念:对个体性的强烈信念,以及同样强烈的对共同体责任感的信念。从对个体性的信仰这方面来说,他有别于提尔泰奥斯所表达的斯巴达式理想;从对共同体的责任感来说,他又不同于阿基洛库斯所阐述的毫无束缚的伊奥尼亚式的个人主义,这种个人主义常常带着某种深深的怨恨与对自我的高抬。然而,梭伦更为深刻、更为重要的思想体现在以下方面:他一直坚持将整个宇宙看成是一个可以用理智解释的世界;他将曾经具有非理性程序的法律进行了明确而合理的规范;他用新的经验之光来解释那些既往的古老信念。梭伦的理性主义没有一丝一毫的破坏因素,它建立在深深的宗教情感之上,并在敏感的良知中汲取了力量和慰藉。也正因为这些特质,梭伦的思想渐渐渗入所有雅典人的意识之中。同样,我们还能非常有把握地推断,他还影响了很多的后来者,包括埃斯库罗斯对傲慢与罪过的分析,索福克勒斯[104]对中道(Mean)的深入探索,以及伯里克勒斯(Pericles)对雅典的经典描述:在雅典,一个人可以既是完完整整的个体,同时又是这个城邦中活跃的一份子。在雅典这座光辉灿烂的城邦留给后人的众多宝贵遗产之中,我们不应当忘记在其历史初期曾出现过的一群人,他们诚实而公正,谨慎而处处为城邦着想——梭伦就是他们之中杰出的代表。

第四章　克塞诺芬尼

[107]将人类理智应用于解释诸如人的成长之类的自然现象，这种技巧并非梭伦独有。在伊奥尼亚的土地上，一群比梭伦更善于怀疑、也更敏于探究的人，一群人类历史上最早期的唯物论者，已经开始了他们对万事万物之首要质料的理性考察。这些人促成了散文的诞生，然而，也正是因为他们采用了这样一种极为朴素的文体，所以很少引起以往研究者的注意。直到有一天，他们的热情与探索精神感染并传递到了一个诗人的身上，这一群体默默无闻的状况才得以改变。这位同时具有逻辑严密的理性思维与诗歌天赋的人，就是克洛丰的克塞诺芬尼。正是在他的身上，伊奥尼亚的理性主义运动找到了总结自身观点的天才诗人。这位诗人将对流行信念与习

俗的严厉批判带入诗歌之中,在处理自己的任何主题时,他都有着对人类危机的难能可贵的清晰认识。不过,在表达那些最大胆的推想时,这位诗人所使用的不是诉歌而是六音步诗体,正如赫西俄德曾用六音步来论述诸神的谱系或者农耕社会真正的道德标准一样。克塞诺芬尼的诉歌比他的六音步诗更具有个人化的特征:它们更多地关涉到诗人的情感而非他的思想,更多地关涉到思想原则在实际事件中的运用而非那些思想原则本身。在当时,他的读者应该比提尔泰奥斯和梭伦要少。他不面向军队里的士兵或广场上的群众宣扬自己的观点,他的听众是小型聚会上的三五知己,因此他的语气亲切而随和。在这一方面,克塞诺芬尼有些类似于弥涅墨斯和忒奥格尼斯,但他关心的问题与二者不同。[108]克塞诺芬尼的朋友们(也就是克塞诺芬尼的那些听众)无疑更具思辨精神,而他本人作为诗人也更具原创性。从诗学上说,克塞诺芬尼处在和提尔泰奥斯相对的位置上:他所表达的情感并不适合对一个群体宣讲,因为那是极为纯粹的个体性思索。

克塞诺芬尼诞生于大约公元前565年的克洛丰。在他25岁那年,哈尔帕格(Harpagus)率领米堤亚人(Medes)占领了这座城邦,这使克塞诺芬尼开始了他漫长的流浪生涯。对于他的这段生活经历我们知之甚少。在此期间,他曾居住在西方的臧克莱(Zancle)和卡塔拉(Catana),据说还参与了埃利亚(Elea)的建立。① 诗人相当长寿,他曾在公元前473年,也就是自己92岁高龄时,用下面这四行诗总结自己的人生:

---

① 第欧根尼·拉尔修,《名哲言行录》,卷九,第18和20章。

> 我曾用六十七年的时间
> 　　反反复复(βληστρίζοντες)地为希腊这片土地思索(φροντίς)。
> 而我生命的头二十五年，
> 　　我真不知该从何说起。①

用如此寥寥数语来总结自己漫长的一生，诗人显然为追求简洁而故意忽略了大量的细节。第二行中，φροντίς[思索]一词理所当然会引起研究者的注意。该词的另一个含义为"技艺"(art)，虽然品达曾如此使用它，但这一含义显然与前面的βληστρίζοντες[反复]一词不符，因为βληστρίζοντες指的是一个病弱之人翻来覆去的样子。[109]可以得知，克塞诺芬尼在使用φροντίς[思索]一词时是在谈论自己以及自己的"沉思"(brooding mind)，②就像别的诗人在谈论自己的θυμός[血气]和ψυχή[灵魂]一样。于是，作为一个内心充满骄傲的思想者，克塞诺芬尼用φροντίς[思索]一词来指代自己。可见，他一定是对那段背井离乡的生活有着刻骨铭心的记忆。而且，如若我们细细琢磨βληστρίζοντες[反复]一词的含义，就会体会到诗人的思索绝非是一种快乐的体验。对上面这段诗句，还可以从另外一个角度理解。诗人当然会在思考中感受到一些快乐，虽然这种快乐并不强烈。在一首六音步诗歌中，克塞诺芬尼为读者描绘了一个似乎是回忆中的、古老而清晰的场景，其中渗透着诗人自足的情绪体验：

> 冬日里，大家懒懒地躺在沙发上，

---

① Diehl 辑录，辑语 7。
② 参见 Hudson – Williams,《古希腊早期诉歌》，前揭，页 105。

>品着美酒,嚼着鸡豆,围着炉火
>享受着这宴席后惬意的漫谈:
>"你来自何地,好兄弟?你的年岁几何?
>米堤亚人第一次进犯时,你多大了?"①

按这首诗中的说法,对那时的人们而言,哈尔帕格侵占克洛丰一事已经很久远,甚至可以成为夜间消遣的话题。

克洛丰地区也有诉歌的传统。在公元前7世纪,这一地区就产生了弥涅墨斯和波吕涅斯图斯这两位诉歌体诗人,后者后来移居到斯巴达,在人们的印象中,他是一个"非常快乐的家伙"。② [110]克洛丰人的生活中从不缺少快乐的理由,严苛的道德家们由此认定,克洛丰正走向堕落。然而克塞诺芬尼的写作方式不同于弥涅墨斯和波吕涅斯图斯。他不是凭借情感冲动创作,而是围绕更加严肃、更加充满伦理色彩的主题。如果说他对早期克洛丰诗人有所继承的话,那一定不是指主题上的连续性,而是指与那些前辈同样纯熟的技巧,以及他在某些时候表现出来的乐天的人生智慧。作为一个四处游历的诗人,克塞诺芬尼的心中始终铭记着自己的故乡。他曾写过一首名为《克洛丰的建立》③的诗歌,该诗与弥涅墨斯的《士米那纪》(*Smyrneis*)一诗以及《娜诺》一诗中关于伊奥尼亚人大迁移的

---

① 辑语18。

② 赫斯基尼斯(Hesychius)《大辞典》"波吕涅斯图斯之诗"(Πολυμνήστειον ἀιδειν)词条。[译按] Hesychius of Alexandria,是公元5世纪晚期著名的文法家,他编纂的《大辞典》(Συναγωγὴ Πασῶν Λεξέων κατὰ Στοιχεῖον)收录了许多作家辞条,对于今天阅读希腊古典文化极有助益。

③ 第欧根尼·拉尔修,《名哲言行录》,卷九,第20章。

段落有几分相似。不过,看起来克塞诺芬尼似乎并不像弥涅墨斯那样对先人的大胆行动感到自豪。他的态度比弥涅墨斯更具批判性,这会让人想起忒奥格尼斯。后者在解释必将招致惩罚的傲慢时,就曾经以克洛丰的史实为例。在克塞诺芬尼保存下来的作品中,有一些段落提到了克洛丰旧时的同性伴侣现象——从那些文字中我们可以看出,来自亚洲的影响已使这个地方的人升起了对华美衣裳与珠宝首饰的欲望:

[111]早在令人憎恶的僭主统治克洛丰人之前,
　　吕底亚人已让他们学会了挑剔和挥霍:
　　他们身着紫色礼服前往闹市,
　　　千人一面,傲慢不已($α\dot{\iota}χαχέοι$),
　　他们为自己的衣饰发型喜形于色,
　　　身上还喷洒着昂贵的香水。①

我们并不清楚以上文字指涉的是哪一个历史时期。巨吉斯(Gyges)曾于大约公元前680年占领克洛丰,到了公元前540年,哈尔帕格再次侵了这一地区。但无论是哪个时期,可以肯定的是,克塞诺芬尼都不赞同克洛丰人在生活方式上的奢靡习性。诗人曾写道,有些当地的居民因为整日酗饮,神志不清,甚至都没有留意太阳的东升西落。② 诗人的字里行间当然有着道德批判的意味。克洛丰人非常傲慢($α\dot{\iota}χαχέοι$),喜欢在大庭广众之下炫耀自己的财富。

---

① 辑语3。
② 雅典纳乌斯,《筵宴集》,卷十二,526a。

这种行为就是ὕβϵις[肆心]的表现，它将得到的报应是在"令人憎恶的暴君"统治下成为奴隶。如此的道德训诫让人想起梭伦。和梭伦一样，克塞诺芬尼应该也属于一个比较有社会责任感的阶层，这一点区别于弥涅墨斯。克塞诺芬尼经历过艰难的时代，正是从时代的艰难之中，他展开自己的历史思考。

然而，我们不能单凭以上文字就去断定克塞诺芬尼的社会地位或政治倾向。它只能告诉我们，无论诗人在神学或物理学上具有怎样的观点，但至少在政治上，他的看法与忒奥格尼斯并无不同：他们都坚信傲慢必将得到惩罚。这么一种批评，可能出自顽固的贵族，也可能出自一个具有革命性观点的哲人。[112]一个目睹自己所在阶级垮台的贵族，一定会迁怒于自己的阶层并为之寻找衰落的理由。没有证据表明克塞诺芬尼是晚期雅典意义上的民主派，甚至也很难认定他是一般所谓人民中的一员(a man of the people)。无可置疑的是，与所有被放逐者一样，他一定承受着贫困的折磨。但有些学者因此便假定，克塞诺芬尼是一位靠朗诵自己的诗篇来维持生计的职业诗人，这一推断稍显鲁莽。还有一种说法认为克塞诺芬尼是一位史诗吟诵者，他四处流浪，并习惯于在背诵荷马史诗之前先朗读一段自己的诗作。该说法的唯一依据是第欧根尼(Diogenes Laertius)的一句话：αὐτὸς ἐρραψῴδει τὰ ἑαυτοῦ；①这一句话的本意是："他有时会直接引用自己的诗篇"。然而，我们很难想象一个有着克塞诺芬尼式思想的人，却是靠着背诵《伊利亚特》和《奥德赛》来维持生计。同样值得怀疑的是，在那个历史早期，就已经有职业诗人来创作诉歌。没有证据可以证实，阿基洛库斯、梭伦、提尔泰奥斯、

---

① 第欧根尼·拉尔修，《名哲言行录》，卷九，18 章。

弥涅墨斯或忒奥格尼斯这些诗人是为生计而歌唱的,所以我们也可以合理地认为,在这一点上克塞诺芬尼与他们不会有差别。①

从总体上来看,克塞诺芬尼所属的阶级很可能与梭伦和忒奥格尼斯相同。当然他们之间也有重大的区别。与梭伦的区别在于,克塞诺芬尼是一个流亡者;与忒奥格尼斯的区别则在于,克塞诺芬尼是以其独创性的思想而闻名。[113]反过来说,克塞诺芬尼缺乏梭伦的社会地位以及忒奥格尼斯的传统贵族视角。虽然地位不高,但在克塞诺芬尼所处的社会,似乎思索和演讲的自由是传统生活方式所允诺的。在宗教事务上,那个社会似乎比雅典社会更为容忍。实行民主制度的雅典却因宗教问题而放逐阿那克萨哥拉(Anaxagoras),还处死了狄阿格拉斯(Diagoras)。并非所有的贵族都有着与阿尔凯奥斯和忒奥格尼斯类似的思想。在大多数贵族看来,荷马和赫西俄德所建构的奥林波斯诸神体系并不令人满意。比如,赫拉克利特——他当然不是一个民主派——就曾说"应该将荷马从伟大诗人的名单中抹去并施以惩罚"。② 还有一些人抛弃了荷马的神学体系,转而信奉更为古老、更为非理性的教义,这类教义宣扬的内容,是经由一套严格的仪式与禁忌来实现灵魂的超度,毕达哥拉斯(Pythagoras)就是其中之一。那是一个宗教思想混乱的时代,然而宗教观念上的分野并不意味着这些贵族在政治思想上的分野,虽然他们各自的观点有着很大差别,但都还在老贵族们所构建的框架之下。

---

① 该观点当然仍有争议,参见莱恩哈特(K. Reinhardt),《帕默尼德》(*Parmenides*),页134。[译按]本书全名为《帕默尼德和希腊哲学史》(*Parmenides Und Die Geschichte Der Griechischen Philosophie*),Bonn:Friedrich Cohen,1916。

② Bywater 辑录,辑语119。

在理性与道德的诸般冲突中,克塞诺芬尼的立场显得很独特。他毫不留情地批判了几乎所有同时代的思想。据说,他"反驳了泰勒斯、毕达哥拉斯等人的观点,甚至还责难过爱庇门尼德斯(Epimenides)"。① 在评价泰勒斯时,克塞诺芬尼认为此人只是一个物理学家而算不上宗教思想家,他对泰勒斯的批评非常直率,其言论似乎是针对泰勒斯准确预言日食这件神乎其神的事件②——[114]因为泰勒斯的预言所暗示出来的有关太阳的理论与克塞诺芬尼的观点迥异。至于爱庇门尼德斯,克塞诺芬尼认为他更像一个巫医或医药学家。爱庇门尼德斯宣称通过梦境或其他不可思议的体验,自己可以实现与神明的直接交流。当克塞诺芬尼从自己的追随者那里听说爱庇门尼德斯活到了 124 岁的高龄时,他直接将这些追随者斥为说谎者。③ 与以上两人相比,克塞诺芬尼觉得毕达哥拉斯更为不同凡响。克塞诺芬尼认为,毕达哥拉斯是一个出色的数学家和神秘主义者,他试图用纯粹的数字来解释生命,同时他还制定了一套很有趣的有关节制的守则。在克塞诺芬尼对思想家们的苛刻审视中,毕达哥拉斯是为数不多的得到些许肯定的人。毕达哥拉斯还相信灵魂的轮回,这和他的另一信念密切相关,即人与兽具有基本的亲缘关系。对于这一观点,克塞诺芬尼还开了一个小小的玩笑:

  一天,他遇到一只饱受虐待($στυφελιζομένου$)的幼畜,
    心生怜悯,于是说道:
  "别再折磨它!当它哀鸣时($φθεγξαμένης$),我认出了

---

① 第欧根尼·拉尔修,《名哲言行录》,卷九,18 章。
② 第欧根尼·拉尔修,《名哲言行录》,卷九,23 章。
③ 第欧根尼·拉尔修,《名哲言行录》,卷九,111 章。

一个往昔挚友的灵魂。"①

在如此充满嘲讽的诗句中,依然有着不可忽视的诗歌技巧。通过假装严肃的口气,克塞诺芬尼将毕达哥拉斯的轮回理论变得滑稽,[115]也让读者认识到这一理论一旦应用在现实之中会是什么样子。他选择στυφελιζομένου一词来描述小狗受虐待的样子,荷马曾用该词来表示对异邦人的虐待,②并且有着饱含情感的控诉。而克塞诺芬尼则在反讽的意义上引用该词。另外,克塞诺芬尼用来表示小狗哀鸣的φϑεγξαμένης,一般是用来形容人类的声音。这些细节营造出一种表面上的一本正经。诗人没有谩骂,也没有直接批评,而是巧妙地运用毕氏自己的学说来让他难堪——在日常生活与平常经验的审视下,这一学说变得荒谬可笑。

当然,虽然克塞诺芬尼批判的锋芒无所不至,但其首要的批判对象依然是荷马和赫西俄德两人的神学体系。他似乎将荷马本人看成了一个神学理论的源头,当时所存在的种种有关神明的观念都是来源于此人。克塞诺芬尼曾表示:

一开始,所有的人都向荷马学习……③

而他们从荷马那里学到了什么呢?对此问题,克塞诺芬尼用下面三行言辞激烈的诗句作为回答:

---

① 辑语6,行2-5;William Marris 爵士英译。
② 《奥德赛》卷十六,行108;卷十八,行416;卷二十,行318,行324。
③ 辑语9。

> 荷马和赫西俄德都说,诸神
> 和人类一样,有种种耻辱和过错:
> 通奸、偷盗、说谎,他们无不精通。①

[116]正是因为这一点,克塞诺芬尼才反对传统的神学,这可以说这是一种伦理上的考虑。他尤其反对荷马和赫西俄德降低诸神道德水平的处理方式。有些同时代的人也赞成克塞诺芬尼的看法,梭伦就曾说πολλὰ ψεύδονται ἀοιδοί[诗人经常说谎],②所指的大概就是荷马式的神话。而生活在其后一个世纪的、思想颇为传统的品达,也从道德的眼光出发拒绝或修正了大量有关诸神的不当言论和传说。随着人们道德意识的增强,像赫西俄德那样的有关乌拉诺斯与盖娅(Gaea)的神话故事(该故事曾在赫西俄德的《神谱》得到描述),以及荷马对宙斯设计骗局的描写,渐渐变得让后人难以接受。然而,克塞诺芬尼甚至比后来的品达要走得更远。像得墨忒耳③吃掉珀罗普斯的肩部④或者赫拉克勒斯与诸神对抗这样的神话,⑤品达会因其不敬神而加以拒绝,但与此同时,品达仍能接受并且津津乐道于那些有关诸神之间风流韵事的传说。相反,克塞诺芬尼则拒绝所有类似的神话,理由是它们都玷污了神圣存在的尊严。在人类思想史上,这无疑是一次值得纪念的进步。我们不知道如此论点是

---

① 辑语10。
② 辑语21。
③ [译按]得墨忒耳(Demeter)主管收获的女神,是瑞亚和克罗诺斯的女儿,冥后珀尔塞福涅的母亲。
④ 品达,第一首《奥林匹亚凯歌》,行52。
⑤ 品达,第九首《奥林匹亚凯歌》,行35–40。

否有其先行者,但毫无疑问,在这一人类历史上影响深远的思想革命中,克塞诺芬尼的贡献无可置疑。

不过,这并非克塞诺芬尼对当时的神学体系仅有的一次攻击。他还从另一角度,即科学的而非道德的角度,继续对当时的神学体系进行破坏。克塞诺芬尼对周围的人进行观察,他发现不同类型的神正是以现实中不同类型的人为摹本而虚构出来的。[117]他用自己那精妙而恰切的语言为以上观察作出结论:埃塞俄比亚人的神一定皮肤黝黑且鼻子扁平,色雷斯人的神则有着红头发和蓝眼睛。① 并不罢休的诗人还进一步断言:如若马和牛有手的话,它们所描画出的神也一定和它们自己长相相同。② 如此的批评对于所有神人同形同性论的神学来说都是毁灭性的打击,几乎无法反驳。通过这一批评,克塞诺芬尼又一次在思想上超越了他所处的时代。虽然比他更年轻的赫拉克利特也曾说"神将人看作孩子,正如人看待儿童一样",③或者,"最聪明的人和神相比也像猿猴一样笨拙,就像最漂亮的猿猴对人类来说也是丑陋的",④但显然在神学思想上,赫拉克利特远没有克塞诺芬尼激进。在赫拉克利特的思想中,神的形象无疑更为纯粹更为理想,但神人同形同性论的观念依然留存。克塞诺芬尼的批判则直指当时神学的根源,将人们对神的所有错误说法归为主观的想象。

克塞诺芬尼尤其着意于用自然和物理置换一些神学观念。作为一个了解自然科学的人,他当然早已发现,以前那些为了解释自

---

① 辑语 14。
② 辑语 13。
③ Bywater 纪录,辑语 97。
④ 同上,辑语 98 和 99。

然界的种种现象而虚构出来的神明,事实上并不能帮助人类理解自然。关于圣艾尔摩之火(fuoco di Sant' Elmo),①诗人就表露过这种观点,认为暴风雨后降临在船上的电光,并非像阿尔凯奥斯在自己的诗中②所描写的那样,是狄俄斯库里③显灵,④而仅仅是"一些云层在运动时所发出的光"。另外,在很多人[118]仍以为彩虹是女神伊丽丝(Iris)的化身时,诗人对之进行了新的解释:

> 那人们称为伊丽丝女神的,只是一片云,
> 即便在我们眼中呈现出绚丽的色彩。⑤

据说,克塞诺芬尼甚至将这种解释运用到太阳、月亮和星辰等自然物之中,他宣称这些事物都是"因移动而发光的云朵"。⑥ 可见,诗人科学探索的冲动并不逊于道德感受力,这份冲动也驱使他否定了古老的信念。然而,这两个方面的批判因为不同的出发点而产生矛盾,调和起来也有一定困难。作为一个道德家,他相信诸神比荷马和赫西俄德所描写的要更为公正;作为一个物理学家,他却否定了诸神在这个世界所处的崇高位置,而以自然的律令来代替他

---

① [译按] 圣艾尔摩之火(fuoco di Sant' Elmo),是一种航海时常有的自然现象,多发生于雷雨天气,在船只桅杆顶端之类的尖状物上,会产生如火焰般的蓝白色闪光,这就是圣摩尔之火,也就是文中所谓"暴风雨中降临船上的电光"。

② Lobel 辑录,辑语 17。[译按] E. Lobel, Ἀλκαίου Μέλη: The Fragments of the Lyrical Poems of Alcaeus, Oxford: Clarendon Press, 1927。

③ [译按] 狄俄斯库里(Dioscuri)是卡斯托耳与帕洛克斯的统称,勒达的孪生儿子,海伦和克莱特姆内斯特拉的兄弟。后被宙斯变成双子星座。

④ 埃提乌斯(Aetius),卷二,18,1。

⑤ 辑语 28。

⑥ 埃提乌斯(Aetius),卷二,20。

们——当然,他允许诸神发挥一些指导性的作用。事实上,克塞诺芬尼已经将自己的理性探索推演到极其深入的程度,甚至使得诸神在自然中几乎没有容身之所。在此,我们可以引用克塞诺芬尼的一个著名论断:

> 神是唯一的,是诸神与人中最伟大的
> 无论在肉身抑或精神上都与我们不同。①

以上言论甚至被认为是人类思想史上第一次彻底的一神论思想的表述。[119]但是,事实也许并非如此。我们知道,在亚里士多德的思想中,神祇就是天。然而,为了表现天的卓越,克塞诺芬尼断言那所有自然现象中最伟大的,即一般人称之为神的,其实就是天穹。不过克塞诺芬尼的进步在于他不仅仅满足于这一结论,而是更进一步,试图将整个宇宙看成一个整体——他的尝试获得了成功。他将宇宙看作一个有意识的存在,并这样描述道:

> 它俯视一切,通晓一切,聆听一切。②

然而这个独特的存在并不是一个位居自然界之外而影响我们的超自然力量——它就是所有自然事物的总和。于是,克塞诺芬尼的科学和哲学探索最终所导向的结果,是从逻辑上断绝了任何有关

---

① 辑语 19。
② 辑语 20。

神祇真实存在的观念,而这些观念是当时的人们所普遍接受的。如果那个首要的或唯一的神是所有存在之物的总和,那么严格地说,进行宗教活动就不再有任何意义,我们也不再有理由相信神明会干涉人类的生活并惩罚罪恶。

然而,克塞诺芬尼对神学的上述两次攻击之间存在着深深的鸿沟,这一鸿沟从逻辑来看不可逾越。但我们不能因此而得出结论,认为如此的矛盾说明克塞诺芬尼并不打算提出严肃的、属于他自己的见解,而只是随兴所至地用所有可能的手段去批判任何他所反对的观点。[120]克塞诺芬尼思想的这些残章断片表现出一种内在的严肃,这般严肃令上述评判难免成为无稽之谈。诗人看起来已经察觉到了某种困境,在他思索的问题上,寻求确定性几无可能,所以他说:

> 现在没有、以后也不会有一个人
> 会掌握我所言及的神明所拥有的知识,
> 即使人们偶然间说出完美的真理,
> 也会浑然不知。一切之上,唯有幻象。①

这段话表明,克塞诺芬尼已经意识到并且接受了自己思想中内在的不一致,他进而将之领会为一种哲学:从实践上在人类的生活中排除神祇,同时对神祇保持高度的宗教上的敬重,并对诸神的重要性给予较高评价。如此的融合并不应该使今日的读者感到吃惊,因为在克塞诺芬尼生活的时代,坚决的理性探索精神刚刚兴起,但

---

① 辑语30。

这种精神所自兴起的社会恰恰有着人必须依赖于神祇的根深蒂固的古老观念。类似的思想矛盾同样出现在生活于下一个世纪的恩培多克勒(Empedocles)身上。后者在《论自然》(*On nature*)一诗中提出了对宇宙的纯粹自然主义的解释,该理论体系同样也否定了神祇存在的必要性。然而在其《净化》(*Purifications*)诗中,诗人又发展了一种完全神学化的生活观,它的首要关切是灵魂的拯救,为此人必须遵守一系列礼法。[121]甚至在帕默尼德那里,这种思想的矛盾也同样存在:一方面,帕默尼德用不可辩驳的逻辑证明了整个宇宙是一,并且永恒不变;另一方面,在表述自己思想的时候,他却借用了神秘主义者描述宗教体验时常用的词汇和比喻——虽然此类宗教体验实际上也包含着对一种无时间性的、不变的"一"的认识,但它毕竟和帕默尼德的思想不能相容。

在克塞诺芬尼现存篇幅最长的一首诉歌中,诗人从个人和社会两个方面表达了对神祇的真实看法。这首诉歌稍有残缺,[①]但还算是比较完整的诗作。通过该诗,我们可以知晓诗人如何将自己的观点介绍给他的友人,他自己对整个问题的思考究竟有多么深入等等。这首诗是为了一次盛大的节日欢聚而创作,与大多数诉歌一样,等到人们进餐完毕撤下桌子开始饮酒的时候,诗人便会在宴席上吟诵自己的作品。在如此情境下所使用的诉歌通常会遵循一个固定的模式,将全诗分为两部分:第一部分描述故事或介绍背景,第二部分是诗人的议论或教诲。克塞诺芬尼作为"宴席上的酒司令",具有这次宴饮上的权威,他的话在相当程度上能影响宴饮诸朋的举

---

① 辑语1。

止。该诗的内容让我们想起希俄斯的伊翁(Ion of Chios)①所写的一首诗,其内容也涉及祭神仪式以及饮酒与歌唱的诸种风俗。诗人参加的酒宴显然是上流社会的聚会,而通过克塞诺芬尼的描述我们也可以明确,如此华贵的场面自然与诗人终身贫困的传闻不符。诗人对宴会的描写非常详实:花环与油膏,面包、干酪与蜂蜜,混合酒水的用具,[122]祭坛上燃烧的乳香,这一切都在诗人的笔下定格。此般景象,定当激发阿尔凯奥斯写下一首饮酒歌,但克塞诺芬尼却看到了阿尔凯奥斯从未留意心的某种意义。由此出发,克塞诺芬尼向同伴们进行了一番深刻的道德教诲。

首先,克塞诺芬尼强调了这一聚会纯洁而神圣的意义。他在诗中曾用"纯洁"($\kappa\alpha\vartheta\alpha\varrho\acute{o}\nu$)一词形容房间的地面,之后又用同一词语来形容水。他称乳香所散发出的气味是"神圣的"($\dot{\alpha}\gamma\nu\acute{\eta}\nu$)。这些描述本不会引起我们太大的注意,如果诗人在该诗的后半部分没有再次搬出"纯洁"一词来形容献给神祇的颂歌($\kappa\alpha\vartheta\alpha\varrho o\tilde{\iota}\sigma\iota\ \lambda\acute{o}\gamma o\iota\varsigma$)的话。作为一个嗅觉敏锐的诗人,克塞诺芬尼感受到了所处环境与此环境下所弥漫的精神氛围之间的关系。他甚至觉得,所有那些外在的、物质化的纯洁,都会要求在场客人相应地具备一种内在的、精神上的纯洁状态。这里,他会让我们想起欧里庇得斯的作品《伊翁》中的一段话,那是剧中人物伊翁对德尔菲神庙中圣职人员的告诫:作为阿波罗的仆人,他们在进入神庙前应及时沐浴,并且在神庙中只说纯洁的语言:

[123]来吧,阿波罗在德尔菲的仆从们

---

① Diehl 辑录,辑语 2。

来到银光闪耀的、涌动的水流旁,
在这里,用纯洁的泉水
洗净你的身体,然后前往神殿。
在虔诚的沉默中紧闭双唇,
作为将要言说神谕的人,
你们的口中
只能吐露圣洁的言辞。①

无论《伊翁》中的这段说辞还是克塞诺芬尼的诗歌,表露的根本观点都是:身体上的洁净是对道德进行净化的一种预备。其实,对于古希腊人来说,两者之间的区分并不是那么明确:在他们看来,所有的纯洁和净化从根本上讲都是身体上的事情。克塞诺芬尼和欧里庇得斯的共同之处还在于,他们都将身体上或环境上的洁净与语言联系起来。二人都认为,不洁的语言与不适当的行为均是一种亵渎,在身体的洁净与语言的洁净之间,有着密切的联系。

接下来,克塞诺芬尼提出了一些非常具体的教诲,包括在这场聚会上大家所应遵照的程序或步骤。首先,所有的宾客应齐声合唱一支颂歌。对于颂歌的内容,克塞诺芬尼说得非常明确:

首先,怀着发自内心的欢乐歌唱神明
歌中充满美名的故事($εὔφημοι\ μύθοις$)
与纯洁的言辞($καθαροί\ λόγοις$)。②

---

① 欧里庇得斯,《伊翁》(Ion),行 94–101。
② 辑语 1,行 13–14。

虽然他使用了 μῦθοις [故事] 和 λόγοις [言辞] 这两个不同的词语，但二者在实质上并无太大的区别。[124] 第一个词大概侧重于讲述实际的故事，第二个词则主要是指赞歌所涉及的主题或要旨。这种词义上的细微变化就其一般意义而言并不重要。无论如何，克塞诺芬尼的 μῦθοι 与柏拉图所说的虚构故事截然不同。μῦθοι 指一般意义上的故事，它并没有暗示故事本身是否真实。在此处，值得注意的其实是诗人对形容词的选择。诗人用 εὔφημοι [美名的] 和 καθαροί [纯洁] 这两个形容词来对颂歌的内容作具体的限定。第一个词可以引用《神谱》中的诗句来解释，它告诉我们出身低下的人会因其所结交的狐朋狗友而变得更为恶劣：

> 他们沾染了卑下的行为、肆心以及恶毒的言辞。
> （《神谱》，行 307）

这表明，ἔπη δύσφημ [恶毒的言辞] 与 ὕβρις [肆心]、无礼等出身低下者的其他品质联系在一起。与这些低劣的品质相反，克塞诺芬尼劝告人们在神明面前使用谦逊而虔敬的言辞。这样的解释同样可以在品达那里得到进一步的验证。后者在描写北方人对阿波罗的献礼仪式时曾提到：听到他们有美名的（εὐφαμίαι）颂歌，阿波罗心生喜悦。① 第二个形容词则具有完全不同的含义。它肯定与道德上的纯净有关，对该词的最好注解来自克塞诺芬尼本人。诗人曾宣称，荷马和赫西俄德不可原谅的错误在于将一切"邪恶的行为"

---

① 品达，第十首《皮托凯歌》，行 35；参埃斯库罗斯，《乞援人》，行 694 - 695。

($ἀθεμίστια ἔργα$)加于众神。克塞诺芬尼希望这里所演唱的颂歌能够符合他心中更高的标准,比如内容上不能含有偷窃、通奸或欺骗。遗憾的是,[125]对于诗人所提到的此种类型的颂歌我们知之甚少,但我们大致可以通过诗人的描述明白他要表达的意思。举例来说,阿尔凯奥斯曾讲述过赫尔墨斯偷走阿波罗的牲畜的情节;得摩多科斯(Demodocus)曾在阿尔西诺厄斯的宫廷之上讲述过战神阿瑞斯(Ares)和爱与美的女神阿佛洛狄忒(Aphrodite)的私情。前者歌唱偷窃,后者歌唱通奸,而且两则故事中都不乏欺骗或谎言。

在奠酒祭神的仪式上,通常会进行一些祈祷,诗人将此解释为 $τὰ\ δίκαια\ δύνασθαι\ πρήσσειν$,即做应该做的正义之事。此处,克塞诺芬尼又一次假设读者会轻松理解自己的说法。他的说法实际上来源于忒奥格尼斯,后者也强调过 $δίκαιος$[正义的]的重要性,并且将之作为肆心的对立面。因此,在祈祷中,克塞诺芬尼重复了前面颂歌中的思想,比如他提到保持谦逊和正直,还提到他那个时代的传统观点所认可的符合伦理的行为。然而,以上程序只是序幕,接下来才是更重要的阶段:由个人演唱的歌曲,即 $σκόλια$,这有些类似于阿尔凯奥斯、阿纳克瑞翁笔下以及雅典贵族政治时代,包括庇西特拉图和马拉松战争时期的做法。①这类歌曲通常带有节日欢庆的特征,然而此特征并非克塞诺芬尼所看重的。我们来看一下诗人对这些独唱曲目的详细介绍:

---

① [译注]$σκόλιον$,是古希腊人在宴后饮酒时大家轮流和着琴声唱的一种歌曲。本意是"拐来拐去的歌曲",即"不依次序的歌曲"。在这种酒会上有一支桃金娘,由一个唱歌的人传给另一个人,只传给会唱的人,要跳过不会唱的人,传递时拐来拐去不依次序,故曰,"拐来拐去的歌曲",参罗念生、水建馥编,《古希腊语汉语词典》,北京:商务印书馆,2004,页796。

> [126] 应该赞扬那些在饮酒时借回忆往事
> 　　而发表高尚观点或道德演说的人。
> 而有人热衷于讨论泰坦、人马怪或其他巨人,
> 　　喜欢沉溺于这些古老的幻想,
> 甚至为这些无益的(οὐδὲν χρηστόν)故事而争执,他们不知
> 　　对诸神保持崇敬才是永恒的善。①

很明显,克塞诺芬尼十分严厉地禁止以上这些没有意义的事情成为饮酒歌的主题。从阿尔凯奥斯的στασιωτικά[内讧的]中,从雅典以莱塞多里昂(Leipsydrion)的堕落为主题的歌曲或哈摩狄斯(Harmodius)之歌中,我们可以感受到,政治内乱这一话题在当时有多么流行。克塞诺芬尼当然不赞成这种现状,他还进而否定了所有类似的、以诸神之间的斗争为主题的诗歌。无论是宙斯与提坦巨人们的战争,还是巨人们的反抗,抑或是由于人马怪的暴动而引发的大规模流血事件,诗人所列举的例子中都包含着内部的争吵和争斗。所以在上面这段介绍中,诗人禁止客人们涉及这些事情,无论它发生在天上还是人间。

以上问题自有其重要性,克塞诺芬尼反对这一类歌曲主要有两点理由:其一,这些传说故事并不真实,大都出于前人的杜撰。品达也有类似的看法,后者也因为同样的原因而拒绝那些古老的战争故事,包括埃阿斯(Ajas)与奥德修斯的战争或赫拉克勒斯与诸神的战争。对于克塞诺芬尼来说,反对荷马与赫西俄德是他的分内之事,

---

① 辑语1,行19–24。

因为二人是此类故事的主要源头。其二,克塞诺芬尼声称这些故事本身毫无意义(οὐδὲν χρηστόν),此处他所选择的词语也是教育之意。[127] χρηστόν几乎完全是一个政治性词汇,最常见的含义是指"对城邦有益"。① 克塞诺芬尼一定是在此意义上使用该词,他的意思是:从政治上来讲,歌唱上面那些争斗是不健康的趣味。诗人比较乐于描写和谐的而非纷乱的场景,因此他拒绝任何歌唱στασιωτικά[内讧]的内容。如此态度竟然出自一个流亡他乡的伊奥尼亚人身上,这多多少少让人有些惊奇,但克塞诺芬尼的确向他所在的城邦显露了令人信服的责任感。从诗人坚持的这些论点之中,我们可以大致推断出他在宗教问题上的看法。诗人责令人们对神明保持敬畏,而且认为,无论在天上还是在人间,纷争都是最坏的情形。纷争对人来说最是无益,正像它对神来说绝不真实。如若歌颂纷争,将是对掌管世界的神圣力量的不敬。对于克塞诺芬尼来说,神明依然是道德的基础,因此,一个以敬神为目的的仪式,必须以深厚的道德感向诸神致意,并且严格遵守神所设立的道德规范。

克塞诺芬尼对社会风俗严厉而用心良苦的批评不仅仅体现在饮酒歌上。在其他一些诉歌片断中,诗人甚至还将批判的矛头指向奥林匹克运动会这一在希腊人眼中无比重要的风俗。② 对于一个希腊人来说,在奥林匹克运动会上摘得桂冠是至高无上的荣耀。所有阶层的人都一致认为,这种荣耀也将成为胜利者所属城邦的荣耀,[128]更有甚者,胜利者从此以后将笼罩着一种光环,他将接近于一般人所难以企及的神或者英雄。随后,当竞技的职业化趋势越

---

① 参见 J. Kroll,《忒奥格尼斯疏解》(Theognis interpretationes),页 296 – 299;Dieterich,1936。

② 辑语 2。

演越烈时,欧里庇得斯①和伊索克拉底(Isocrates)②都站出来对这种过分的名望提出了尖锐的批评。在克塞诺芬尼所处的时代,这些竞技者依然能得到极高的嘉奖。然而,诗人依然毫不客气地抨击这种现象。在这一问题上,诗人的观点和论述都具有教诲意义。诗人写下这些文字的时间大概是公元前550年(此时他步入了成年期)到公元前520年左右(这是第一次举行重装赛跑[Race in Armor]这一竞赛项目年份),然而,克塞诺芬尼在论述这一年的主要事件时并未提及此事。也许,他在撰写有关诗歌时,这一运动还没有其他文字介绍。克塞诺芬尼的有关诗歌可以说是公元前6世纪唯一涉及奥林匹克运动会的文字,至于西蒙尼德斯、巴克基利得斯和品达关注奥林匹克运动会,那已经是公元前5世纪了。

要解读克塞诺芬尼批判奥林匹克运动会的这首诗作,至关重要的段落是下面这几行诗句:

> 我的智慧
> 远胜过骑手或其他选手的力量。
> 然而如今人们却轻率地,将这种力量
> 看得比我的智慧更重要。③

克塞诺芬尼觉得,自己那充满智慧的诗歌比竞技者的胜利更值得称道。[129]从实质上说,诗人要求得到的奖赏本身十分重要,但这奖赏也许并不像我们想象的那样不同寻常。与提尔泰奥斯(辑语

---

① Nauck 辑录,欧里庇得斯辑语 282。
② 伊索克拉底,《演说集》,卷四,i。
③ 辑语 2,行 11–14。

9)类似,克塞诺芬尼的诗歌关注ἀρετή[卓越]的本质,从中我们可以看到,至少诗歌中也自有其ἀρετή[卓越]所在,因此提尔泰奥斯和《忒奥格尼斯诗集》的作者们都把诗歌中的卓越当作卓越的另一种可能性。克塞诺芬尼接受了前人所认同的某些规则,但他强调并关注的是另一种普遍接受的、有关ἀρετή[卓越]的典型例子:竞技者。克塞诺芬尼对自己所从事的行业有很高的评价,而对竞技者却评价极低。正是由于这样的评价,他认为世人对自己的忽视是不正确的(οὐδίκαιον)。克塞诺芬尼如此的抱怨当然并不鲜见,很多诗人也都有同样的感想。然而克塞诺芬尼的独特之处在于,将自己的这种抱怨与其时代的某些风气联系起来。他认为,这一风气的错误之处在于,给予一个竞技者的奖赏对于城邦来说是一笔完全无用的开支:

> 这不该是城邦的财政开销。①

与之前对饮酒歌内容的限制一样,在这个问题上,克塞诺芬尼提供了一个从城邦共同利益出发的论据。不过,他在此处坚持的观点,实际上属于其政治哲学的一部分。也就是说,通过这种坚持,诗人在某种程度上介绍了自己的政治哲学——体现了他思想的深度。诗人曾举例说,一个人赢得竞走比赛,并不意味着

> [130]这座城邦会因此而更有秩序,
> 　　就像它从胜利中得到的欢乐一样。②

---

① 辑语2,,行22。
② 辑语2,行19-20。

上述观点不仅让人想到梭伦对εὐνομίη[良好礼法]的称赞,同时还提醒读者,对于克塞诺芬尼来说,这个问题关系到共同体与城邦的利益。奖励获胜的竞技者,在诗人看来,并不能提升城邦民的素质,特别是像节制、知足这样对于一个健全的城邦民来说至关重要的品质。

上述观点背后,隐藏着一段影响深远的希腊社会演变史。一个人因为竞赛获胜而得到巨大名望,在一个井然有序的城邦中确实是一种干扰的因素。无论那个人在其他方面有多么卑微与平凡,都会在获得桂冠后被推上荣誉的顶峰,并随之具有政治上的影响力和地位。对此过程中所存在的危险的最好说明是如下事实:在古希腊,有大量的僭主或企图成为僭主的人都曾在竞技比赛中取得过胜利。在克塞诺芬尼所关注的奥林匹克运动会上,相关事实也证实了诗人的担忧。比如,西库翁的奥尔塔戈拉斯(Orthagoras of Sicyon)的继任者米伦(Myron),①就是公元前648年双轮战车赛(chariot race)的冠军。在同一世纪里,还有一位想要在雅典实现僭主专制的人叫克隆(Cylon),他也是奥林匹克运动会的胜利者。② 到了公元前6世纪,克里斯提尼(Cleisthenes of Sicyon)又赢得了双轮战车赛的桂冠,③而当时前者两个有力的竞争对手就是雅典的庇西特拉图④和老米提亚德(elder Miltiades)。⑤ 还有一些消极的影响也很能说明问题。在斯巴达,任何打破习俗的

---

① 泡塞尼阿斯,《希腊志》,卷六,19,2。
② 希罗多德,《原史》,卷五,71节。
③ 同上,卷六,126节。
④ 同上,卷六,103节。
⑤ 同上,卷六,36节。

企图都会遭到强烈的反对或质疑,因此在发动叛乱的德玛拉图斯(Demaratus)获得双轮战车赛冠军之前,[131]没有君王会参与奥林匹克竞赛。① 鉴于这些事实,克塞诺芬尼有很充分的理由去质疑竞技比赛的胜利,因为这种胜利及其所带来的后果扰乱了他崇尚的良好秩序。

如果我们注意到,克塞诺芬尼在发表上述主张的时候身在西西里,就会对之有更加深刻的认识。希腊的西部地区异常看重竞赛的胜利,所有取得桂冠的竞技者都能在政治上产生巨大影响。公元前5世纪有几位僭主,如盖隆(Gelon)和他的兄弟,又如瑞吉乌的阿纳克西拉斯(Anaxilas of Rhegium),都曾取得过竞赛的胜利,但体育与政治的这种关联有更久远的历史。大概在公元前530—520年期间,革拉的潘塔勒斯(Pantares of Gela),未来的僭主克利安德鲁斯(Cleandrus)和希波克拉底(Hippocrates)的父亲,曾在奥林匹克运动会上赢得过四轮战车赛的冠军,②当地人还举行过一次献祭来纪念这件事情。③ 到了公元前496年,恩培多克勒的祖父曾夺得赛马比赛的冠军,而他的儿子——也就是恩培多克勒的父亲——也拿到了摔跤比赛的第一。④ 如果作为哲学家的恩培多克勒也可以算作这一家族政治色彩的证明的话,其所得到的结论应该是革命性的。而且,在希腊西部,竞赛中的胜利者会受到特别的尊重和恭维,这些待遇使得他们看起来已经不再是和大家一样的凡人。据说,著名竞技

---

① 同上,卷六,70节。
② 同上,卷七,154节。
③ Geffcken辑录,辑语20。[译按] Johannes Geffcken,《希腊警句诗》(*Griechische Epigramme*),Heidlberg,1916,页8。
④ 亚里士多德,辑语263。

者米伦(Milon)在领导锡巴里斯(Sybaris)人与克罗同(Croton)作战时,就完全把自己打扮成了赫拉克勒斯的模样。① 阿基洛库斯曾写过一首献给赫拉克勒斯的凯旋之歌;我们可以推断,[132]米伦之所以能够打扮成赫拉克勒斯的样子,是因为他在运动场上的胜利使他在人们心目中的地位上升到了和那位英雄同样的高度。更有代表意义的一个例子当推克罗同的菲利普斯(Philippus),他曾和多利乌斯(Dorieus)相伴前往西西里,并牺牲于对抗赛格斯塔(Segesta)的战斗之中。菲利普斯也曾是奥林匹克运动会上的胜利者;在他死后,人们将他当作英雄并经常举行纪念他的仪式。② 另一个更极端的例子来自欧蒂穆斯(Euthymus of Epizephyrian Locri)——作为奥林匹克运动会的优胜者,人们对他的尊崇甚至在其在世时就已经成为一项法令。③ 暂且不论这种英雄化倾向的本质意义,至少它可以告诉我们,在希腊西部,人们赋予竞技比赛的胜利以巨大的价值,而那些赛场上的优胜者们也被认为具有优于常人的能力。这种情况对于已经成型的社会来说无疑是一种不稳定的因素。

于是,克塞诺芬尼认为,人们给予竞技者的尊荣既不合适又不正确。事实上,竞技者的境遇表明了人们对提升自己地位这一欲望的认可,也是对ὕβρις[肆心]的一种宽容。诗人相信,通过他所提供的那些有关竞技者获得过分尊荣的例子,读者自可发现上述思想倾向。当时,能够保持长久名望的,除了竞技者之外,或者是一个高贵的家族,或者是为国家做出某种贡献的人。在该诗中,克塞诺芬尼还列举了头戴桂冠的竞技者所享有的几项特殊待遇。首先就是所

---

① 狄奥多罗斯,《历史汇编》,卷十二,9。
② 希罗多德,《原史》,卷五,47节。
③ 老普林尼,《自然史》,卷七,57。

谓的 προεδρίη[前排首席],其家庭成员在比赛或节日盛会的场合有坐在前排的特权。在传统上,如此的特权是斯巴达人的君王才享有的,①它最初是斯巴达人给予德塞勒安(Deceleans)的荣誉,其原因是后者据说曾给廷达柔斯(Tyndareus)的儿子们以帮助。② 而来自德尔菲的神谕[133]也曾将同样的特权赋予他们的恩主克罗伊斯。③ 其次,克塞诺芬尼提到由政府所提供的食物,他想必是指市政大厅或城邦公共会堂里的免费宴席。公元前6世纪,此类事情依然是贵族的特权,而这种习惯当是旧日国王款待宾客的遗风。在市政大厅,雅典的贵族们会高唱他们的饮酒歌,④而在米蒂利尼(Mytilene),萨福的兄弟也是因为良好的出身才得以在市政厅卖酒。⑤ 最后,提供给这些胜利者们的还有金钱和贵重物品。这一点我们可以从梭伦那里得到验证。梭伦曾订下规矩,所有奥林匹克运动会上的获胜者将得到来自城邦的五百德拉克马刻([译按]古希腊货币单位)的奖赏。⑥ 梭伦这一规定的真实意图,其实是要扭转当时一种非常严重的不良倾向,据说,梭伦曾宣称:"竞技场上的胜利者所获得的奖励越来越多,而战场上牺牲的将士的利益却无人过问,这是多么坏的品位"。⑦ 也正是因为同样的看法,在列举上述种种特权时,克塞诺芬尼都强调,那些特权曾经只有城邦的统治者、功臣或恩主才有权享用——他认为在竞技场上获胜的竞技者不属于

---

① 希罗多德,《原史》,卷六,57节。
② 同上,卷四,73节。
③ 同上,卷一,54节。
④ 柏拉图《高尔吉亚》451e处的抄件记录。
⑤ 雅典纳乌斯,《筵宴集》,卷十,425a。
⑥ 普鲁塔克,《梭伦传》,23节。
⑦ 第欧根尼·拉尔修,《名哲言行录》,卷一,55节。

其中任何一个类人。他还指出,那些竞技者所取得的巨大荣耀扰乱了城邦的良好秩序,而秩序正是城邦最根本的利益所在。

克塞诺芬尼以上说法多少会让读者感到惊讶,因为我们还记得,当时的希腊人普遍对于竞赛中的优胜者推崇备至。公元前 5 世纪,品达[134]还曾围绕这种对竞技体育的崇拜建立起一整套贵族政制的形而上的体系:他认为竞技场上的胜利所体现的,是那些人天生的高贵品质,这是他们从神圣的先人那里继承而来的品质。品达的观点在希腊的那些贵族阶层中很有代表性,因为他们都没有认识到赋予竞技者以巨大名望这一倾向的潜在危险。在品达之前两个世纪里,一直有卓越的思想者在探讨理想的人这一问题。一些思想家不约而同地发现,那个时代流行的对竞技者的过分尊重,显然会让人们偏离真正理想的目标。因此,提尔泰奥斯不得不声明,与战场上的勇气相比,力量与速度是次等的品质,梭伦也不得不宣称,奥林匹克竞赛的胜利者不应该得到高于战场上的牺牲者的荣耀。另外,也许是害怕名声带来的傲慢,毕达哥拉斯建议人们可以参加竞赛,但千万不要在奥林匹克竞赛中夺冠,因为那些竞赛胜利者们的胜利并不纯粹(εὐαγεῖς)。① 在这些思想家的行列中,当然也应该有克塞诺芬尼的名字。克塞诺芬尼对此问题的看法实际上来源于传统观念,他发现,城邦对竞技者的尊崇并没有带来任何好处。而且,与梭伦、提尔泰奥斯两位诗人一样,克塞诺芬尼也提供了一个更值得大家尊敬的对象——自己精良的诗艺。正是这一点使他区别于其他的反对过分推崇竞技胜利的思想者。克塞诺芬尼坚信诗人对公众生活的裨益,认为他们才应该得到城邦的奖赏。无疑,克塞

---

① 波菲利,《毕达哥拉斯传》,15。

诺芬尼也坚信,自己能够为共同体提供帮助,觉得自己的观点值得向同胞们广为宣扬。

这两首诗歌表明,克塞诺芬尼如何严肃地对待自己时代的问题。同样,这些诗也否定了某些学者所主张的看法,这些学者认为,克塞诺芬尼体现了[135]"古老的希腊贵族习俗与新式的哲学思维之间不可避免的冲突"。① 事实上,克塞诺芬尼本人也同样属于贵族群体,他接受他们的道德规则并且带有他们的语言习惯。如此说来,他与提尔泰奥斯几乎毫无共同点,却和梭伦有着同样的信念。克塞诺芬尼与梭伦都赞同以下原则:真正美好的生活必定具有社会性,且只能存在于与城邦的联系之中;神明的内在力量不仅存在于私人生活之中,更存在于公共生活中,因此,对于个体来说,最大的危险就是成为ὕβρις[肆心]的受害者;而最好的生活状态就是保持他天生所拥有的那种生活。克塞诺芬尼并未明确提出这些原则,但它们隐藏在诗人所有具体的论断与阐释之中,并且为自己的论点加固防线。当然,作为一个思想家,克塞诺芬尼的观点显然比梭伦更具革命性。只是,他小心翼翼地将自己的思想锋芒保持在适当的范围内,或者说,他至少努力使自己的结论符合当时普遍的道德准则。克塞诺芬尼也非常关注ἀρετή[卓越],他还发现,自己正在实践一种风格独特的诗歌。不过,这并不表明诗人会拒绝所有其他类型的ἀρετή[卓越],尤其是在它们可能对共同体有所裨益的情况下。

---

① 耶格,《教化》(*Paideia*),页234;W. de Gruyter,1934。

第五章 忒奥格尼斯

[139]这一章之前,我们介绍的几位诗人,主要是通过后世作家引用的片断而为我们所知晓,他们留下的作品往往残缺不全。忒奥格尼斯名下的作品就完全不同了,这些诗歌共有将近1400行之多,而且都保存有字迹清晰的、按照时间顺序排列的古代抄件。所以,在这一章里,我们终于可以研究一位作品保存得比较完整的诗人了。与之前探讨的所有诗人的片断相比,这位诗人的作品更有资格成为早期诉歌风格诗作的代表。但是,必须说明一点,实际的情况并没有看上去这么美好。我们很想将忒奥格尼斯的所有作品当作一个整体而不去怀疑其真实性,但事实上它们并不一定能经受住考验。研究者们很遗憾地发现,《忒奥格尼斯诗集》(*Theognidea*)并不

是一个诗人的作品,而是一本此类作品的合辑。如果将该书看成是忒奥格尼斯自己的作品集,将会出现两个无法解决的问题。首先,该诗集中涉及的创作时间跨度超过了一个人一生的长度。在诗集的第 894 行,诗人祈祷库普赛洛斯家族(Cypselids)早点灭亡——这个家族的历史实际上终结于公元前 580 年,所以,诗人离世的时间不可能晚于前 580 年。然而,在第 773 - 782 行,该诗集中的诗人又向阿波罗祈祷,希望麦加拉(Megara)能远离波斯军队的侵扰——这样的祈祷一定是在公元前 5 世纪早期,也就是波斯人入侵希腊的时候。其次,诗集中的一些作品或片断出自其他诗人的手笔,他们生活的年代要晚于传说中[140]忒奥格尼斯所处的时代。第 795 - 796 行和第 1020 - 1022 行的作者是弥涅墨斯;第 935 - 938 行和第 1003 - 1006 行的作者是提尔泰奥斯;第 227 - 232 行、315 - 318 行、585 - 590 行以及 1253 - 1254 行的作者又是梭伦。还有明显的证据表明,诗集还包含着其他晚于忒奥格尼斯的诗人的作品。比如说,第 472 行的诗歌可以肯定是帕罗斯岛的欧厄诺斯(Euenus of Paros)所作,由此可知,第 465 - 496 行这一章也可能是欧厄诺斯的作品。而且,本诗集中所有风格与此类似并同样是献给西蒙尼德斯的作品,如第 667 - 682 行和第 1345 - 1350 行,都可以归到他的名下。① 希腊人有一种写作习惯,即修改(paradiorthosis),其特点是引用别人的话时只求近似并会根据需要改变原意。② 有人也许会以此为证据来证明,这部诗集仍是忒奥格尼斯的个人作品集,这显然也不充分。举个例子,在《忒奥格尼斯诗集》中,梭伦的诗句

---

① 参《古希腊抒情诗》(Greek Lyric Poetry),前揭,页 381 - 385。
② 参阿伦(T. W. Allen):《忒奥格尼斯》(Theognis),页 8 - 15;London:H. Milford,1934。

> 当巨大的财富到来,过度的欲望将会引发肆心。①

被改写成了一种更具有政治性意义的说法:

> 一旦下等阶层繁荣兴盛之后,过度的欲望将会引发肆心。②

当然,并非所有引语都有这样类似的改动。有些时候,这样的引用确实总是有别于作者的原话,然而其区别非常微小,在含义上往往没有变化,[141]这种微小的差别多半是由于原始资料的讹传或者凭记忆引用而导致的模糊性。前述的两条证据——创作年代跨度过长以及其他诗人作品的混入——都说明,《忒奥格尼斯诗集》绝不是由一位作者单独完成的。

我们并不需对此论感到惊异。希腊人喜欢将不同时代、不同作者的作品汇编在一本诗集之中,只要这些作品具有大致类似的风格。我们可以举两个类似的例子。《荷马颂诗》(Homeric Hymns)一书就收集了所有朗诵荷马诗歌前所使用的序言诗,其创作年代从最早的公元前8世纪一直延伸到亚历山大大帝时期。由雅典纳乌斯保存的《筵宴集》,虽然广泛流传于公元前5世纪,但其创作年代也远迄庇西特拉图时期,近至马拉松战役期间。与上面两个例子相同,《忒奥格尼斯诗集》也跨越了相当长的历史时期。书中所收录的诉歌片断都有明确的创作目的,即在饮酒时以长箫伴奏并演唱,所

---

① 辑语5,行9。
② 行153。

以,也可以将这本诗歌集称为一本歌曲集。该书涉及的内容远比《筵宴集》要广泛,但两书在风格上没有本质的差别。关于该书的成书年代和成书过程都存在很多争论,但大致可以断定,它形成于公元前5世纪早期的雅典。作为本书之序言的,是开篇的四段诗歌,它们主题类似,或多或少都可以归于饮酒歌(drinking songs)的范畴,并且也许产生于同一个社会阶层。该时期信奉卓越的贵族统治,对于新兴的民主政治运动没有丝毫的同情。所以,从整体上讲,《忒奥格尼斯诗集》流露出浓厚的贵族政治趣味,并且对平民和政治变革怀有相当深的敌意。[142]所以说,本诗集具有无比巨大的文献价值,它展现了在那个贵族特权受到挑战且即将瓦解的历史时期,希腊贵族政治维护者们的观点和感受。对于他们来说,那无疑是一场必将失败的战争。于是,这些诗人往往容易在情感上产生强烈的自我矛盾,并且越来越滑向阴郁而厌世的情绪。当然,这种情绪上的相似之处并不意味着本书是由一位诗人完成。这只能证明,该书收录的诗歌的创作背景和使用范围都仅限于贵族阶层。

　　毫无疑问,诗集仍然是基于忒奥格尼斯本人的真实作品。据说,忒奥格尼斯经常将自己的作品题献给他的一个朋友居尔诺斯(Cyrnus),波利鲍斯(Polypaüs)的儿子。由此可知,至少书中那些直接注明献给居尔诺斯的诗歌———一共有282个诗节,完全可以肯定是忒奥格尼斯本人的原作。其他作品中也许还有忒奥格尼斯的作品,但我们不能确认是哪些。因此,那282节诗是我们研究的基础,我们必须以之为标准来探讨其他作品究竟是否出自忒奥格尼斯之手。这282节诗为读者展示出一位卓有天才的诗人,当然从中我们也感受到诗人极富魅力的人格。它们的创作年代大致在公元前6世纪后半叶,其作者不是雅典人,也不是民主派,而是一位失去自己的土地并遭到流放的麦加拉贵族,是一个守旧的、思想传统的人。诗集中的诗歌产生和流传之时,雅典正处在克里斯提尼和其继承者的民主政治改革进程之中,这一改革冲击了以米提亚德和客蒙(Cimon)这样的人为代表的旧有社会体系。这些献给居尔诺斯的原创诗歌幸运地躲过了亚历山大里亚城的洗劫而完好无损地保存至今。[143]古代辞书家苏伊达斯(Suidas)在介绍忒奥格尼斯时曾说,忒奥格尼斯创作了一本"诉歌体的、充满训诫的箴言集,将之献给挚友居尔诺斯"。苏伊达斯的这一介绍当然并不能适用于《忒奥格尼斯诗集》,因为其中还有很多并非献给居尔诺斯的作品,它只能用来说明我们所特指的忒奥格尼斯本人的那些诗作。然而,现在看来,人们对忒奥格尼斯作品的错误引用由来已久,亚里士多德①就曾经引用过《忒奥格尼斯诗集》第13行,即该诗集序言部分的一行诗句,并认为它是忒奥格尼斯所作,事实上那篇作品是后人所加。有一个事实我们能够肯定,就是上面所提到的两本著作(《忒奥格尼斯诗集》和《箴言集》)流传的范围和时间大致相同。因此,苏伊达斯在提及写给居尔诺斯的箴言集(Gnomology)时,也涉及很多格言(Maxims)。

诗集的首篇是一首序言性质的诗歌,曾引起大量的争论,其内容如下:

居尔诺斯,诗中有其智慧,让我把印章

盖在这些诗行上,从此不再有狡黠之人能窃走它们,
或者用低劣的货色来冒充它们。
"这一定是忒奥格尼斯本人的诗",所有人都会说,

---

① 亚里士多德,《欧台谟伦理学》第七卷,第十章,1243a16。

"就是麦加拉那位声名显赫的诗人。"
当然我并不能愉悦所有的人:
这有什么奇怪?连宙斯也难以做到
在或取或予间愉悦一切生灵。

(行 19 – 26)

[144]诗人所说的无法偷走的印章究竟指什么?一些人简单地认为,它实际上就是忒奥格尼斯杰出的诗行,这些杰作使我们不会将其作品与他人的作品相混淆。① 但是,忒奥格尼斯本人的作品也难免为人篡改和抄袭,再伟大的作品也可能因为些微的改动而变得低劣,因此他的杰出作品也很难不受损害。另有一些人认为,所谓印章就是诗人的姓名,他将自己的姓名署于诗集之前。② 这种可能性的确存在,但进一步推敲,这种说法就难以自圆其说。如果该可能性成立,本诗就必然是诗选中的第一首,之前的诗行必定为后人所加。但难以解释的是,为何诗人说,只要有他自己的名字,就能防止其他诗人盗用诗集中的诗句,或者将别的作品加入诗集之中?事实上,很多诗人已经将自己的诗作混入诗集之中。因此,我们会倾向于将印章理解为居尔诺斯的名字。只要有他的名字出现,我们就可以依此判定该诗是忒奥格尼斯真实的作品。忒奥格尼斯本人当然也明白自己的诗歌可能遭受的命运,因此,他小心翼翼地将自己所有的文字都加上了这一印章。这一解释也证实了前面提及的苏伊达斯的说法,即忒奥格尼斯曾

---

① T. W. Allen,《忒奥格尼斯》,前揭,页7。
② E. Harrison,《忒奥格尼斯研究》(*Studies in Theognis*),页 245 – 246。[译按]*Studies in Theognis: Together with a Text of the Poems*, Cambridge: The University Press in Cambridge,1902。

将所谓的"箴言集"献给居尔诺斯。

忒奥格尼斯的诗歌都采取向挚友致辞的方式,这是一个有趣的形式。当然,很多希腊诗歌都会写明该诗是赠给哪位好友,这些诗歌的创作似乎都是为了满足某种迫切需要,而并非是写给遥远的后人。阿基洛库斯和阿尔凯奥斯赠给朋友们的诗歌都有着特定的目的,然而,与这两位诗人相比,忒奥格尼斯[145]与居尔诺斯的关系显得较为特殊。在忒奥格尼斯这位麦加拉贵族所属的多里斯人的社会中,两人的关系无疑具有典型性。在当时,多里斯人的社会体制以严格的军事制度为基础,在这个共同体中存在一种习俗,年长者往往会与一位年轻人建立搭档式的关系,年长者会指导年轻人战斗的技巧与生活的艺术。年长者对其青年伙伴的感情深沉而复杂,其中夹杂着兄弟般的关怀和父亲般的爱。忒奥格尼斯觉得,他不仅需要教导居尔诺斯如何处事,而且后者还应敬爱他并忠于他。总体上,在这种关系中,教诲这一形式占据首要的位置。因此,忒奥格尼斯更多地是在指导居尔诺斯,而不是向后者敞开心扉,但也不可避免地在有一些时候,情感的因素会占据上风,此时他会对居尔诺斯表现出更多私人性的感情。诗人在性格上、艺术上都体现出了这种关系的两面性,但两个方面非常协调,因此,我们对他的印象也不会有任何矛盾之处。

忒奥格尼斯想要传授给居尔诺斯的,是一种生活哲学。通向这种生活哲学的道路狭窄,但却异常明晰而一致。诗人的观点总体上来说比较传统,它们的来源是多里斯人的军事训练——这种训练我们在提尔泰奥斯的作品中已经有所了解。但是,忒奥格尼斯希望居尔诺斯能够朝着一个理想城邦民的目标努力提升自我,而不是仅仅学会上战场打仗。诗人身处社会剧变期,他本人因此而沦入流亡生

涯并且早已失去自己的土地。正像他在下面这首迷人的四行诗中描述的那样:

[146]我听到,有人在大声招呼他的家奴
　　提醒他们赶紧翻耕土地:
　呵,朋友,这声音再次刺疼了我的心,
　　它让我想起自己失去的田产。①

这首四行诗一定作于诗人的流放生涯,但他的大部分作品创作于自己的家乡,也就是他正处于阶层斗争漩涡之中的时候。对于忒奥格尼斯所经历的这场发生在麦加拉的社会变革,我们缺少可信的外部史料。但从忒奥格尼斯本人的作品中,我们可以对这段历史有些许了解,其发生和演变的大致脉络与希腊其他城邦的类似事件相同。从某种程度上讲,忒奥格尼斯所从属的拥有土地的阶层,在这场社会变革中几乎注定要失败。诗人曾经抱怨,那些以前只能穿着山羊皮,像无家可归的鹿一般浪迹于城邦的人们,如今竟然争相暴富。② 从另一个角度看,这一事实意味着,以往在农田里做牛做马的奴隶,如今已经得到了城邦民的身份和权利,重新分配的土地中也有了他们的一份。在雅典,梭伦发起的那场改革事实上已经远远超出了他作为发起人所设想的界限。这样巨大的变革最容易导致僭主统治的产生,希腊城邦发展的历史业已证明了这一趋势。僭主们往往会采纳当时有关社会变革的学说,他们可以借助这些学说来

---

① 行1197－2000,Sir William Marris 英译。
② 行53－58。

巩固自己的权力,并且使自己攫取的财富合法化。从自己所属的这一阶层出发,忒奥格尼斯也认识到了这种危险并为之担忧。他认为,僭主的出现不过是城邦的混乱与内部纷争频仍的缩影。① 虽然僭主制可以看作这个城邦因自身的肆心而招致的惩罚,②但他仍真诚地祈祷如此的惩罚不要发生。忒奥格尼斯没有告诉读者,[147] 他的祈祷有没有得到神明的准许。但无论如何,诗人的行动说明了他坚定的立场:他不遗余力地支持诛杀僭主的行动,并且大胆宣称,神明不会因这种行为而愤怒。③

忒奥格尼斯不甘心接受政治上的变革,也不愿意在此问题上保持沉默——他不断地宣称自己将与之为敌。他用自己的诗歌建立起一个政治哲学体系,而这一体系正是用以捍卫本阶级的利益和信念。在这场斗争中,他毫不保留地站在土地所有者一边。以往所积累的政治经验让忒奥格尼斯深信,人类可以也应该严格地划分为两个阶层。其中之一当然是他自己所在的阶层,他将该阶层形容为 ἀγαθοί 和 ἐσθλοί [好的和高贵的];另一个对立的阶层则是他所说的 κακοί 和 δειλοί [卑下的和低贱的]。事实上,这并不等同于富人与穷人的划分,因为忒奥格尼斯曾说,如今那些卑下的人也变得富有。由此也可知,忒奥格尼斯的划分标准在变革之前或之后都是客观存在的差别。对于忒奥格尼斯来说,它更像是一种出身和血统的差别。诗人甚至从动物育种的角度来看待这一问题,并认为可以从动物育种的角度来看待人类育种。于是,他开始抱怨现实,因为当时的社会没有遵守血统上的差别,并且存在大量的跨越好与坏两个阶

---

① 行 51–52。
② 行 39–40。
③ 行 1179–1182。

层的通婚,其目的仅仅是为了金钱:

> [148]我的居尔诺斯,关于公羊、驴和马,我们应
> 　　细细挑选优秀的品种,养育繁殖;
> 然而有些所谓的贵族,为了钱财,
> 　　会毫不犹豫地与卑下的家族联姻。
> 还有一些女人,虽然有高贵的血统
> 　　却自降身份,只是为了嫁给一个富有的人。
> 金钱竟然成为荣誉。高尚与卑微,
> 　　卑微与高尚任意通婚,人们已习以为常。
> 当整个国家都丧失了纯正的血统,居尔诺斯
> 　　其结局就像合金无法发出耀眼的光芒。①

没有任何希腊贵族像忒奥格尼斯这样,对 ἀγαϑοί [好人]和 κακοί [坏人]的区别有如此清晰的认识。品达几乎从未留意他所属的特权等级之外的那些人,虽然品达也曾将这些下等人称作"骚动的庸众",②并且和忒奥格尼斯一样信奉血统的神圣性,但他的信念却并非来自牲畜与农事的类比——品达认为,在这个世界上,贵族仍然不受干扰地继承着奥林波斯先人们那高贵的血统。持同样想法的还有提尔泰奥斯,这些较早时代的诗人并没有意识到血统的纯正性会成为问题。从忒奥格尼斯的信念出发,甚至可以认为,只有贵族才真正存在——其他的人不配计算在内。与忒奥格尼斯一样,阿尔

---

① 行 183 – 192,T. F. Higham 英译。
② 品达,第二首皮托凯歌,行 87。

凯奥斯也强烈反对任何鼓吹政治变革的言论。不同之处在于,阿尔凯奥斯似乎[149]并没有形成任何有关贵族政治的一贯的理论思考,他所做的只不过是写出一些优雅的诗行,为的是反击他那些言行粗鲁的对手。

然而,急转直下的形势,使得当时卑贱的出身反而得到权力或杰出的地位,这让忒奥格尼斯更加忧心忡忡。旧有的以富有或贫困为标准的检验方式突然失去效力,诗人宣称,现如今的世态让人感到不可理解:原来的奴隶业已成为"贵族",而原先的贵族则一步步变成"卑下"者。① 我们不能照字面意思理解这句话,因为诗人的口吻带着强烈的讽刺,他是在抱怨那让他无法忍受的现实。如此的感受当然不仅仅是忒奥格尼斯一人独有。在他之前,阿尔凯奥斯就有类似的表述。后者认为,一个穷人不应该是高贵的或受人尊敬的。② 不过,现实的任何变化,都没有动摇忒奥格尼斯对出身优良之人的先天优越性的坚定信念,哪怕这些人已经失去了财富。忒奥格尼斯也没有改变自己坚持的标准,而是试着去剖析这场革命——很快,他便从当时那些贪婪而傲慢的民众领袖身上找到了自己想要的答案。忒奥格尼斯试图相信城邦民依然具有健全的判断能力(行41),但残酷的现实无情地击碎了他的幻想,他本人也迅速抛弃了自己原先的想法。诗人将民众当作谎言的受害者,或者说他们为不公正的法律判决所迷惑。③ 然而,只要民众掌握了权力,诗人对他们也会相当憎恨,只不过在程度上小于对他们的领导者的憎恨。

忒奥格尼斯通过几个关键词汇来表述他那简明的政治哲学思

---

① 行 57–58。
② Lobel 辑录,辑语 12。
③ 行 45–46。

想。这些词汇虽然来源于传统的希腊思想体系,[150]但在诗人这里被赋予了更为特别的含义。这些词汇中,最基本的是δίκη,通常,我们将该词译为"正义"(justice),但这种译法无法完全涵盖该词的原意。"正当"(right)一词也许更恰当,但在表意上仍然不尽完美。在古希腊人看来,δίκη代表着一种让事物各是其所是的准则。因此,荷马用这个词来代表奴隶、①诸神②或男人③各自的类型特征(way),也就是他们各自相异的、与生俱来的特征。荷马对该词的使用并不涉及伦理上的内涵,这种用法一直延续到公元前5世纪,那时,人们称自然死亡为δίκαιος θάνατος[正常的死亡],称健康的体魄为δικαία φύσις[正常的身体]。于是,人们进一步认为,任何一个城邦和社会都会有它自己的δίκη或者说自然状态,而符合标准的公民则被称为δίκαιοι。诚然,当这个词用到个体行为上时,必然会慢慢地附加上一些伦理的意义。而且对于希腊人来说,伦理意义的衍生显得更加容易——希腊人自然而然地将该词用到了作出判决的法庭上,而法庭,正是一个判定人与人之间适当关系的场所。另外,早在赫西俄德那里,δίκη一词就含有伦理的色彩,并且成为了忒弥斯的一个孩子的名字。因此,对于忒奥格尼斯来讲,δίκαιος意指那些品行端正的人,显然他希望居尔诺斯也成为这样的人。最后,通过该词,诗人还暗示了一些在他本人看来极为明显的寓意,因为这层寓意出自他所经历的生活。"品行端正"的人在忒奥格尼斯那里指的就是真正的、典型的贵族,他们是接受并且不愿改变传统的生活方式的人。

[151]如此信念对于忒奥格尼斯具有异常重要的意义,这可以

---

① 《奥德赛》,卷十四,行59。
② 《奥德赛》,卷十九,行43。
③ 《奥德赛》,卷十一,行218。

从另外一首四行诗中得到佐证。在那首诗中,和他的前辈提尔泰奥斯一样,忒奥格尼斯定义了 ἀρετή[卓越]一词以及 ἀνὴρ ἀγαθός[好人]这一词组的含义。然而,与前辈不同的是,诗人并没有用军人的勇气来定义该词。忒奥格尼斯写道:

> 敬畏神明,意味着甘愿生活在饥馑中,
> 　也不愿依靠不义之财而富有。
> 品行端正(δικαιοσύνηι)是一个好人的标志,
> 　而正当(δίκαιος)之举则体现了他的价值。①

在上面这首四行诗中,忒奥格尼斯用一个颇为抽象的词汇 δικαιοσύνη[品行端正]来代表 δίκαιος[正当]的品质,这种用法在古希腊的文学史上是第二次出现。本诗涉及该词的那句诗实际上引自福基里得斯(Phocylides)的诗句,②它代表着一种来源于传统的智慧。不过在此处,忒奥格尼斯运用它们来说明自己所理解的正当之举。正当之举的确切含义对诗人来说如此明晰,他甚至根本不愿意在此多加解释。他更关心的,是关于 δικαιοσύνη[品行端正]的普遍原则而非它的具体所指,当然,在另外一些作品中他也提出了一些颇为具体的建议。忒奥格尼斯曾声称,在这个世界上,"关注神圣正当"(care for holy Right)的父母最是无可挑剔,③这一说法也揭示了诗人对良好的旧式教育方法的褒奖。另外,在对正当行为的对立面,即 ἄδικον[不当行为]的看法上,诗人的观点也显得比较独特。

---

① 行 145–148。
② Diehl 辑录,辑语 10。
③ 行 131–132。

[152]他叮嘱居尔诺斯,不应该"用卑鄙和错误的行为"①去为自己谋取钱财或荣誉——这让我们想起梭伦对不义之财的议论。忒奥格尼斯甚至还表示,愤怒也是一种错误的行为,他的说法非常具有教育意义:

> 居尔诺斯啊,愤怒是更不正当的($ἀδικώτερον$)情感,
>   它使人们的悲痛加深,而换来一些卑下的快感。②

此处,$ἀδικώτερον$[更不正当的]一词所指涉的心理状态,对$ἀγαθός$[好人]来讲是有害的,因为它会让人变得像$δειλός$[卑贱者]一样。看起来,忒奥格尼斯是认为,所有出身高贵的人所不应该做的事都是$ἄδικον$[不当的],也就是说,这些事情对于$ἐσθλός$[高贵者]来说不甚合适且应加以谴责,其中包括了"怒气",这一情感使人们失去了对自己恰当的控制力。

一般而言,忒奥格尼斯用$δίκαιος$[正当的]和$ἄδικος$[不当的]来作为$ἀγαθός$[好人]和$κακός$[坏人]的同义语。而他在这个问题上所表露的观点也是隶属于他那阶层倾向明显的价值体系。但是,我们仍然不能忽视一个与此问题相关的细节。谈及$δίκαιος$[正当的]时,忒奥格尼斯的所指其实是那些行为符合神明要求的人。正因为如此,诗人在赞颂为正义而甘守贫困的行为时,才特意引入了"敬畏"($εὐσεβέων$)这一重要的词汇。他所定义的$δίκαιος$首先要尊重神明的意愿。也正因为如此,诗人笔下的伟大父母才会关心"神圣正当":

---

① 行 29–30。
② 行 1223–1224。

他们对此的关注正体现了其健全的宗教情感。从内心深处,忒奥格尼斯体会到那个为共同体的古老秩序打下根基的神圣律法,[153]而破坏该律法则将招致神的惩罚。不过,与梭伦不同的是,他并不认为这种惩罚会自然而然地到来。忒奥格尼斯的这一信念有着很深的根源,他还认为,δίκη[正义]一定会取悦于神明。于是,诗人如此祈祷着:

> 愿好运降临于我,愿我能使众神欢悦:
> 　居尔诺斯啊,这是我所能期盼的至高荣耀。①

这种情感潜藏在诗人对僭主的厌恶之下,诗人一直认为,僭主应该被正义的力量处死。僭主们的行径正是违背诸神意愿之行为的活生生的实例。所以,忒奥格尼斯又说道:

> 居尔诺斯啊,尊重并畏惧神明吧,只要如此
> 　你的言行就是虔诚的。
> 只要如此,用任何方式击杀暴君
> 　都不会引起神明的愤怒。②

确实,忒奥格尼斯的政治观点背后有着神学的支撑,虽然他本人并未曾明言。

对于忒奥格尼斯来说,一个正直的人懂得如何保持中道

---

① 行 653 – 654。
② 行 1179 – 1182。

（Mean），这个观点依然来源于传统观念。古希腊人一向崇尚适度的原则，认为凡事过犹不及。对中道一词的精确释义千差万别，[154]其关键在于大家对中道的限度有着不同的理解。虽然如此，由于人们的生活在很大程度上具有相似性，思想也能大致相通，因此"中道"的观念依然能激励人们进行有效的自我控制。于是，人们将能够实现中道的品质称之为σωφροσύνη[节制]。该词的含义是，一个人必须满足于他自己的处境而不能要求过多。阿尔克曼曾用赫拉克勒斯以及希波科翁（Hippocoon）后代的神话来论证这一教条，并且留下如下的道德训诫："不能准许有任何人可以飞入云端，或妄图娶阿佛洛狄忒为妻"。① 品达也曾用下面这个短语来肯定该观点："决不能自居为神"。② 忒奥格尼斯当然也非常清楚地认识到同样的问题，他说过：

> 切莫贪得无厌。只要谨守中道，
> 　居尔诺斯啊，你就会有众人所不具备的美德。③

如果一个人寻求中道，他就会具有ἀρετή[美德]。中道是一个好人生活的组成部分。忒奥格尼斯还提供了与此有关的两条训诫，使读者能从细节上了解这一规则的实际应用。诗人的两条训诫都采用了有关道路的古老修辞，这一修辞无论在哲学还是日常语言上都比较常见。在第一个训诫中，他提醒居尔诺斯要走在道路的中

---

① 辑语1，行16–17。
② 第五首《伊斯特米凯歌》，行14。
③ 行335–336。

间,并且切忌将一个人的财产给予其他人。① 如此简单的法则事实上涉及很多政治事件,尤其是,它很明显地反对那些主张将富人的土地分给穷人的政治家。在另外一条训诫里,居尔诺斯[155]得到的是这样的警告:不要在城邦民的冲突中感染上同样焦躁不安的情绪,要谨守中道。② 也就是说要在城邦内部斗争的漩涡中保持清醒的头脑。忒奥格尼斯认为,无论对于公众事务还是私人问题,中道都可以适用。它使人们保持一种平稳的、能进行有效自我控制的心态,可以坦然面对一切外在的刺激和诱惑。

与其对立面 ύβϵις[肆心]比较,中道的意义会更加显豁。对于忒奥格尼斯来说,卑下者所面临的灾祸是,他将成为 ύβϵις[肆心]的受害者,甚至因此而走向毁灭。诗人看到,傲慢的恶习慢慢降临于他所在的城邦,就像曾经在人马怪身上发生过的一样。诗人担心,等待着这个城邦的将是同样的毁灭。③ 在另外一组对句中,忒奥格尼斯例举了一些尽人皆知的事例——它们发生在格内西亚、克洛丰和士米那,以警告居尔诺斯不要让这些地方的悲剧重演。④ 随着卑下者胜利的欢呼声,傲慢夹杂着暴力倾向与不劳而获的企图,渐渐侵袭了这个城邦,将它引入罪恶的渊薮。⑤ 为了对抗这种罪恶,诗人提供了一个小小的补救措施:良好的判断即 γνώμη 或睿智,诗人认为判断力是最佳的补救之道。⑥ 无论何人,假如情绪凌驾于头脑之

---

① 行 331–332。
② 行 219–220。
③ 行 541–542。
④ 行 1103–1104。
⑤ 行 43 以下。
⑥ 行 411–414。

上,就会时常陷入麻烦之中。① 无论拥有什么都比不上良好的判断力,无论什么样的痛苦都比不上判断力的缺失。② 忒奥格尼斯曾在自己的诗作中详细地对这一能力给予说明,并且论证了它在自己的思想体系中的重要位置,下面的诗句就可以表明诗人对它的重视:

[156]判断力是神明所能赐予的最佳礼物,
　　居尔诺斯,那是一种审时度势的能力。
　　良好的判断力会让人幸福,它远胜过
　　害人的骄傲或带来灾祸的无度。
　　贪婪无度,这是最大的罪过,
　　　所有邪恶之事几乎都由它衍生。③

为了抵御骄傲与贪婪的侵袭,正确的判断力是忒奥格尼斯最为推荐的方法,然而,诗人对这种能力的态度似乎并不乐观。

除了判断力,忒奥格尼斯还比较赞赏忠诚的品质,尤其是对朋友的忠诚。支撑该观点的理由既来源于诗人个人的意见,又部分地取决于他一如既往的社会立场。首先,他劝居尔诺斯要尽量与高贵者为伍,要多和掌权者共同进餐、交谈,这样的话一个人才能耳濡目染贵族的品行从而变得高贵。④ 如若居尔诺斯愿意接受这建议,就不应该让任何卑下的人来玷污自己的视听,哪怕路途遥远,也应该

---

① 行 631–632。
② 行 895–896。
③ 行 1171–1176。
④ 行 32–38。

找到一个贵族并与之交谈。① 忒奥格尼斯警告居尔诺斯,决不能与卑下者为友,因为这会使他陷入麻烦并渐渐远离高尚的事物。② 从该警告中,我们看出忒奥格尼斯在寻求一种贵族之间的团结一致,这无疑是当时贫富两个阶层间政治斗争的产物。不过,[157]诗人进一步提出一个更私人化的建议,这表明了他与居尔诺斯之间朋友式的关系。诗人恳请居尔诺斯不要欺骗自己,并要求这位青年作出选择:要么全心全意地热爱他(忒奥格尼斯),要么公开地厌恶他。③ 他还特意提到,对世人来说,欺骗朋友要比欺骗敌人容易许多。④ 很奇怪,诗人在此的言语让人察觉出他的某种不信任感,他似乎认为,居尔诺斯在背地里对他不敬。因此,他的此番表述既具有一般意义上的价值,又符合这一特别的背景。忠诚是忒奥格尼斯所尊奉的信条之一,他绝对不允许违背忠诚的行为。

于是,忒奥格尼斯对生活的看法,虽然带有某种好辩和偏激的特点,但仍然具有一种我们所能够要求的整体性。不过,在一些诗行中,他甚至体现出了这样的能力:即使对那些无可置疑的道德理论,他也能根据自己的不同需要作出不同的解释。虽然他曾劝告居尔诺斯避开那些可能玷污其品行的卑下者,但他仍然可以在别处给居尔诺斯提出下面这条非常工于世故的建议:在表面上,要把自己装扮得像是所有人的朋友(行63)。虽然诗人曾主张毫无保留的诚实,但他仍会劝导居尔诺斯去模仿古代那些像乌贼或蜥蜴一般善变的、表里不一的人物:

---

① 行 69–72。
② 行 101–104。
③ 行 87–92。
④ 行 1219–1220。

[158]我的居尔诺斯,要懂得随机应变,

  在不同朋友面前,要用不同的腔调说话。

 留心学习乌贼,当它躺在岩石旁

  就变成岩石的颜色,欺骗我们的眼睛。

 要像它一样,模仿所有颜色和举止——

  智慧善于变化,而愚蠢则墨守定则。①

类似的自相矛盾同样也出现在诗人对贫困问题的评论上。从总体上看,忒奥格尼斯会赞同弥涅墨斯的观点,即认为贫困是一种纯粹的罪恶。艰辛困苦的日子使人失去他的朋友;②人应该为避免贫困而四处奔波,翻山越海,③甚至连死亡也比贫穷更容易忍受。④诗人用自己那让人印象深刻的辩才来公开地声讨贫困的状态:

 贫困,居尔诺斯,会消磨原本英勇的灵魂

  它比苍老或疾病还要可怕。

 居尔诺斯啊,即使溺死在海底,或者从悬崖

  纵身跳下,你也要躲开贫困。

 贫困会让人变成哑巴,因为他将被剥夺

  一切言论与行动的权利。⑤

---

① 行 213-218,T. F. Higham 英译。
② 行 79-82。
③ 行 179-180。
④ 行 181-182。
⑤ 行 173-178,T. F. Higham 英译。

不过,世事的变化显然使得诗人必须修改上述论断。忒奥格尼斯本人在失去了土地后就声称,自己仍然是高贵的,仍然有权利被称为一个好人。[159]只要一个人保持ἀρετή[美德],无论贫穷与否都无伤大雅。因此忒奥格尼斯写道:

居尔诺斯,虽然神明可能让卑下者变得富有,
但他们的美德绝不会因此而提高。①

这样的矛盾,读者应当可以理解。

然而,这种内心观念的冲突,最终反映在忒奥格尼斯对神明的议论上。面对那样一个让他义愤填膺的混乱世道,诗人一定会思考:诸神会如何看待这样一个世界?对于人类所沾染的种种罪恶,神明应该负怎样的责任?诗人对此的态度总体上受到他那根深蒂固的悲观主义的影响,他认为,神明会在没有明显缘由的情况下降罪恶于人世。诗人甚至觉得,人类就像是诸神的玩物,永远受神明那不可理解之力的支配:

人的得失祸福,居尔诺斯,没有任何缘由:
　　它们都出自神明任意给予的不可违抗的指令。
[160]哪怕费尽心思,你也无法确知
　　自己的努力会带来怎样的结局。
　　一些人意在为恶,可最终却得到善果;

---

① 行 149–150。

另一些努力为善,但结局却糟糕透顶。
人们的愿望总是在偶然间实现,
　人们的行为也受无常的环境左右。
因此,制定计划是无知和徒劳的行为:
　神明会凭自己的心意决定一切。①

也许,这可以算是一种荷马式的世界观,赫西俄德大概也会同意忒奥格尼斯对人类希望的黯淡估计。不过,忒奥格尼斯话锋一转,开始抨击某些害群之马在人类身上所犯下的恶行:

死亡与乌鸦最终将降临,但不能因此
　就将错误归咎于不朽的神祇,居尔诺斯,
是那些自私、残暴、有肆心的人
　使人类陷入了耻辱的境地。②

我们应该对忒奥格尼斯敏锐的洞察力致以深深敬意。他抛弃了早期的神学体系——甚至包括梭伦的体系,毅然决然地选择面对真相,从而得出了一个真正无愧于良知的结论。在这一点上,连埃斯库罗斯也承认,很难将人类的恶行完全归罪于人类自身。我们可以设想,是多么严酷的现实迫使忒奥格尼斯不得不作如是观。[161]他让我们想起另外一位无畏的思想家赫拉克利特的名言:"性情即是人的命神"。当然,两人的思想实质不尽相同。

---

① 行 133 – 142。
② 行 833 – 836。

不过,忒奥格尼斯的所思并非一直这样深远。作为青年人的指导者,他也常常在一些琐事上大费唇舌。通过这些地方,我们反而更容易察觉到诗人与居尔诺斯之间关系的实质。在那些零散的对句体诗歌片断中,忒奥格尼斯对礼仪形式的关注已明显超过对道德的关注。有时,诗人会指导居尔诺斯如何在与人相处时举止得当,比如:

> 切莫在同伴面前夸口,居尔诺斯,
> 　没有人能有预知吉凶的能力。①

或者:

> 当他人悲痛之时,我们断不能安坐于一旁,
> 　继续沉浸在自己的欢乐之中。②

诗人还给出了很多实用的忠告,比如不要轻信别人对友人的诽谤,要尽量宽容友人的错误,③又比如要在灾祸面前尽量隐忍,④要孝敬父母。⑤ 忒奥格尼斯的忠告还包括:不要与被放逐者为友,如果你的目的是在他得到平反时获得恩惠;⑥不要在不合时宜的环境下祈求成功与财富等等。⑦ 依据上面这一系列的格言,[162]我们

---

① 行 159–160。
② 行 1217–1218。
③ 行 325–328。
④ 行 355–360。
⑤ 行 821–822。
⑥ 行 333–334。
⑦ 行 129–130。

可以清晰地看出忒奥格尼斯为居尔诺斯所树立的榜样：一个谦逊、谨慎、体贴、文雅而精明的君子。这些劝诫当然不同于提尔泰奥斯的英雄情结或品达的贵族热望，它们只是向读者表明：虽然内心痛苦并且历经艰辛，忒奥格尼斯仍对自己的理想保持着乐观的态度，而他所支持并描绘出的理想男子形象，也并没有完全褪去骑士精神与谦谦君子的作风。

忒奥格尼斯①向居尔诺斯反复灌输的那些品质，在后来的重大事变尤其是战争面前不得不经受严峻的考验。我们已无法得知那是怎样的战争以及敌人是谁，不过诗人的一些作品中已明确地涉及这场战争。比如，他曾在一首诗中提到预报敌军压境的信号：

> 居尔诺斯，那远处站岗的哨兵在悲哀的战争
> 　爆发时，惊得瞠目无言。
> 快跨上战马，让它的蹄子飞速奔腾，
> 　我想，它们将毫不畏惧地面对敌人。
> 只要神明没有将他们引入歧途
> 　他们将很快发现敌人，并与之战斗。②

战斗的结果我们不得而知。在另一首诗中，诗人曾说自己的城邦即将[163]被人占领，③然而在其他地方，他又告诉居尔诺斯，城邦陷入了一场可怕的灾祸之中，那种状态甚至比毁灭还可怕。④ 不

---

① ［译注］原文是提尔泰奥斯(Tyrtaeus)，疑是Theognis之误。
② 行549－554。
③ 行235－236。
④ 行819－820。

过,除了这些散落的线索,忒奥格尼斯并没有透露过他所经历的这次重大事变的详情,只是有时候,诗人会在不经意间向读者提到他当时的感受。在另一首写给居尔诺斯的更具私密性质的诗歌中,他袒露了自己的情感,尤其是该事件所导致的时时占据诗人脑海的疑虑。他的经历让他陷入颓唐,而他从此对生命不抱任何幻想。诗人感觉到朋友的背叛,这也使他对人性的评价更加悲观。诗人用悲哀的语气说道,很少有人愿意与你患难与共,在苦难之时也很少有人真正值得信任。① 忒奥格尼斯还深深地体会到,自己所追求的、为荣誉而奋斗的生涯经常遭到别人的冷眼和嘲笑,在下面这个对句中,诗人表达了自己对此的愤恨之情:

> 一个人可以像高塔或城堡那样巍然而立,但居尔诺斯啊,
> 脚下那卑贱的土地却不会给他一丝尊敬。②

忒奥格尼斯对待那些背信弃义的朋友就像对待敌人一样,充满厌恶且毫不宽恕。虽然诗人希望从此对这些人置之不理,但他知道他们对自己的不幸感到幸灾乐祸。③ 于是可以说,诗人在两个阵营中都得到了最坏的东西:在他的敌人那里,他成了失败者;在他的朋友那里,他成了不受人待见的可怜虫。事实上,忒奥格尼斯[164]也许是第一位有被迫害妄想的诗人。他的痛苦经历让他无法抱有任何希望,也无法相信任何人。

也许,以上的内容依然不能完整刻画出诗人与居尔诺斯的关

---

① 行 79-82。
② 行 33-234。
③ 行 337-340。

系。忒奥格尼斯确实对居尔诺斯投入了很深的情感,而且,看上去居尔诺斯也与诗人分担了战争的悲痛和流放的艰辛。虽然如此,忒奥格尼斯仍不能完全信任自己的弟子。前面提到过,他曾警告居尔诺斯不要做表里不一的人,另外,在一首非常优秀的诗歌中,诗人宣称,通过这首诗居尔诺斯将拥有不朽的名望,但该诗却是以诗人对居尔诺斯的抱怨结尾。该诗为我们呈现了一个诗艺卓绝的忒奥格尼斯,虽然它非常著名,但还是有必要将之引用如下:

[165] 我已给你双翼,凭借它,你可以轻松地
　　飞向大地上方,越过无垠的海洋。
　　今后,所有的宴席都少不了对你的颂扬:
　　在长箫的伴奏下,从青年和少女的口中,
　　人们将会听到,对你的赞美,
　　那声音整齐而和谐,随着时光推移,
　　当你曾生活的土地陷入黑暗和悲痛,
　　当你的肉身化为尘埃,都无损于你的名声。
　　人们将永远记住你的名字:
　　居尔诺斯,它将传遍整个希腊
所有大陆与岛屿,所有海洋——那不受打扰的
　　鱼儿的故乡。借助于诗的灵感,它迅速蔓延,
那巨大的天赋为它带上紫罗兰的花环,
　　所有大门都将为它敞开,千里万里
阳光所及之处的广大世界,都会有
　　颂扬你的歌声——然而,亲爱的朋友,
我却没有得到你一丝一毫的感激,

> 我所拥有的,只是你孩童一样的谎言。①

  从篇幅上看,这是诗人作品中最长的一首,把它归于忒奥格尼斯的名下也毫无争议,虽然比起诗人的其他作品,它显然更为精致,更具抒情性——这也正是该诗的最大特色。这首诗的创作乃是基于诗人对诗歌不朽的信念,意即在诗歌中留下美名的人将流芳千古。诗人的信念在该诗中得到了一次完整的表达。对这种不朽,荷马只有模糊的概念,他笔下的海伦曾说道,宙斯赐予她的命定的罪愆,将在后世的诗歌中保存,而人们也将永远记住她和帕里斯的名字。② 在海伦看来,此名声并非意味着生命在死亡后的延续,它只是名声而已。萨福则将荷马的这一观念向前推进。萨福曾告诉一位没有受过良好教育的妇女,[166] 由于她从未采集过皮埃里亚(Pieria)地区的玫瑰,她将在死后无声无息地悬浮在那些无实体的亡灵之间。③ 此处,借着诗歌的颂扬而死后永生这一观点,只浮现出模模糊糊的痕迹。到了忒奥格尼斯,对这个观念的认知显然已比萨福更为明确和显豁。他认为,自己通过诗歌赐给居尔诺斯的,是具有真实形态的生命。对我们读者来说,诗歌所承诺的不朽似乎是一种陈词滥调。我们表面上接受它,甚至也会相信它,但它决不会对我们有太大的触动,在这一点上它甚至不如基督教所承诺的死后世界。对于那些不可知论者,该说法更是没有任何实际意义。然而,希腊人对此却有不同的看法。他们对于死后生命并没有确定的说法。也许人们死后会到类似天堂的所在,它也许位于大地之下或

---

① 行 237–254;J. M. Edmonds 英译。
② 《伊利亚特》卷六,行 357–358。
③ Lobel 辑录,γ 3。

西方之海的尽头,不过忒奥格尼斯并没有向读者显露出这种信念。更为希腊人所接受的观点是:死亡意味着空无,最好的事情是从没有出生过,人最后所拥有的只能是一抔黄土。为了抵御这形形色色的对生命的怀疑主义态度,更是为了抵御死亡那阴郁的时刻,他们为自己准备了一种精致的安慰。他们开始相信,最优秀或者最幸运的人们将会在诗歌中获得生命的延续。这种看法绝不仅仅具有书面上的意义,它的基础是人们对诗歌和记忆的巨大信念,这信念保证了死后生命的延续。通过诗歌和诗歌所赐予的荣光,那些幸运儿在某种程度上甚至能分享神明的光彩。居尔诺斯将与缪斯女神们结交——后者绝不是抽象的概念,而是能给予生命与光荣的真实力量。他本人不可避免要死亡,[167]但在人们的口口相传中,他将获得另外一个生命。

忒奥格尼斯这首精彩诗篇结尾处,是他对居尔诺斯的些许抱怨。对于很多研究者来说,这绝对是虎头蛇尾的典型;一些人则试图将这两句诗移除,他们要么认为这是后人的篡改,要么认为一定有其他诗歌的句子混入其中。但实际上这些怀疑都不成立。忒奥格尼斯觉得自己为居尔诺斯付出了如此之多,但后者却鲜有回报。按照诗人的不轻易信任他人的天性,他这么说倒也正常。而且,他本人很难从心中打消这种怀疑。过往的经历让诗人的心中充满苦涩,也动摇了他对生活、对世人的信心。忒奥格尼斯所出生、成长的那个年代及其原本无可怀疑的价值体系的迅速崩坏,在诗人心中留下了不可磨灭的印迹,他从此不再有自信,更不再相信别人。正是这种伤痛导致诗人对人性极低的评价,即使面对居尔诺斯,他也无法给予完全的信任。

在史学家眼里,忒奥格尼斯的价值在于他见证了古希腊贵族政制在一个特别的历史时期中的表现,那是传统的贵族遭到挑战和威胁,不得不设法维护自己地位的时期。到了下个世纪,也就是品达开始写作的时期,时代的风云不再像忒奥格尼斯时那样充满变数,一切都要稳定许多。因此,品达也就有可能用自己的方式创造出辉煌的业绩。相反,忒奥格尼斯属于一个充满威胁和怀疑的时代,他对此的感受是其他时代的人所不能感受的。忒奥格尼斯的诗歌也有独特的价值:[168]它们是一颗坦白而热烈的心灵对时代的沉思,它们对时代的描写并非无所不包,但凡涉及的地方总会有简炼而精彩的描述,而且态度诚恳而真切。当然,这些诗歌都免不了带着说教式的口吻,从现代审美品位看,这与诗歌的纯粹精神背道而驰。不过在当时,所有的希腊诗人包括忒奥格尼斯都不可能承认这所谓的纯粹精神。在字面意思上讲,他当然会认为自己的作品属于歌的范畴,也就是说属于人们用来开口吟唱的东西。但诗人也认为,他所作的诗歌应该对生活有所教益。因为其教育性,人们很容易将这些作品看作是完全没有诗意的——这显然是一种误解。忒奥格尼斯沉浸于创作自己的格言警句,沉浸于用诉歌对句那优美的音律来传授高贵与高雅的举止,于是,这些诗歌无一不带有他独特的情感体验:对自己所言之事的价值的深切认同感。阅读忒奥格尼斯的诗歌,读者会有如下感受:生命中的重大事件或变故逼迫着他不得不倾吐,种种经历所带来的焦虑、悲伤或欢乐驱使诗人不断创作。忒奥格尼斯的格言不仅坦率真诚,而且饱含情思,从中可以看出他诗歌艺术的卓越。无论读者对诗人的观点作何评价,都无法否定其诗歌的独特价值。

　　忒奥格尼斯是一位技艺精巧的诗匠。通过他的努力,格言体诗歌的品味和影响力获得根本上的提升,达到了在他之前的诗人所没有过的境界。得摩多科斯那机警的对句中充满着智慧,[169]福基里得斯那散漫的诗行里洋溢着朴实的味道,但忒奥格尼斯在诗艺上比这两人更为完备。他对于事物有着惊人的观察力,他的很多作品都包含着生动的画面感,这种画面通过简洁的语言呈现出来。这种能力为他的整个作品增色,比如不断变换色彩的乌贼,比如那个"瞠目结舌的信使",又比如那比贫困要容易忍受的热病。忒奥格尼斯的语言令人信服而又形象,似乎可以不加思索地从笔端流出,比如一个人会由于给自己带上脚镣而遭受失败,比如他警告居尔诺斯不要给他套上重轭,比如不要怀着分娩般的痛苦来看待自己的城邦,又比如将田地上的奴隶比喻为牧场上的鹿,如此等等。即使不使用任何比喻,诗人的观点依然能够表达得流畅而有力。他常常以讽刺性的警句来为自己的诗歌作结,有时还在诗歌的开篇处呈现给读者一个让人苦恼的真理,或一个挑战性的悖论。对于忒奥格尼斯来说,使用简洁而明晰的语言似乎从来就不是难事,他的作品从主题上来说也许有点千篇一律,但他很善于运用自己纯熟的技巧来使它们在表达方式上更加多样化。忒奥格尼斯的诗歌(那些伪作除外)比他那些效仿者的作品显得更有力量。如果做个比较的话,比如将他的诗作与欧厄诺斯写给西蒙尼德斯的诗行放在一起,我们就能明显感受到忒奥格尼斯诗歌中那完善的技艺、适度的张力与强烈的个性。

行文至此,我们应该已经体会到忒奥格尼斯诗歌中的与众不同之处。虽然我们未必同意他的观点,但一定会为他的率直与热烈所打动。在多里斯人的传统观念里,一个男人应该有较强的自我控制力且自足,可忒奥格尼斯的性格恰恰有点消极、柔弱。他偶尔展现出来的暴烈不过是其温柔的反向表达,[170]是由于不安而导致的情绪发泄。忒奥格尼斯无法让自己适应时代的变化，于是常常出言不逊，又经常陷入自我怜悯的情绪之中。那些抱怨是诗人内心焦虑的自然流露，而自我怜悯则是有感于自己不能独立而不受外界干扰地生活。对于自己的错误和悲惨境遇，忒奥格尼斯从来不加掩饰，他甚至还为读者详细而生动地描述自己内心的隐痛——这无疑建立在他勇气可嘉的自我观察的基础之上。忒奥格尼斯完全没有自我欺骗、自我麻醉的倾向，他坚定地认为现实就是他所理解的样子。诗人也不愿意为自己的错误寻找任何外在的理由。为什么忒奥格尼斯可以如此坦率？也许是因为，他坚信自己能甄别好坏，而同时代的人之所以对他所敬爱的事物嗤之以鼻，则是因为各自的愚蠢，或者是神明的恶意。

第六章　西蒙尼德斯与墓志铭体短诗

[173]古希腊诉歌最具典型意义的运用,是众人聚会上由长箫伴奏的吟唱。由此出发,该体裁在篇幅和形式上不断发展,直到它开始越来越多地触及军事和欢宴之外的主题时,人们才意识到,为了处理这些崭新的主题,这一体裁需要大幅度的变革。一方面,诉歌诗体在演进过程中渐渐变得更为庄重,更为正式;另一方面,该体裁原本不太引人注目的运用范畴也得到了相当程度的发展。事实上,诉歌在诞生之初就已经用于献给某位神明的碑铭上题写的献辞,或者在墓碑上刻写的、纪念死者的诗文。这种应用最早的例子,出土于佩拉可拉(Perachora),是一则刻在石头上的献辞。然而,这段碑文已残缺,几乎没有研究的价值,我们仅仅能从残留的字母断定:它作于公元前8世纪的末期。然而,我们不只能看到这段残缺

不全的史料,因为还有相当多类似的资料可供研究。在阿基洛库斯的遗作中就有两首碑文体短诗(inscription epigrams):其中一首致一位已结婚的姑娘,因为她曾赠给诗人一绺头发;①另一首则是写给两位死者的墓志铭。② 我在此所感兴趣的是后者,以及后来产生的同样类型的诗歌。我们还是先看看原诗:

> 纳克索斯伟岸的(ὑψηλους)顶梁柱麦加提穆斯和阿里斯多芬,
> 埋在伟大的(μεγάλη)泥土下面(ὑπένερϑεν)。

[174]以上就是该诗的全部,而且我们可以肯定该诗绝对不是什么残篇,更没有理由怀疑它的真实性。③ 纳克索斯岛紧挨着阿基洛库斯的家乡帕罗斯岛。一个如此杰出的诗人为纳克索斯岛的死者撰写的墓志铭,当地人一定不会轻易忘怀。而且,两行诗文中那富有生命力的文风清晰可辨,这不是那些仿作所能达到的境界。细细品读,两行诗文实际上使用的都是些极其简单的修辞手法:罗列两位逝者的名字,将他们比喻为"顶梁柱",将埋葬他们的泥土称之为μεγάλη[伟大的],最后还有第一行的ὑψηλους[伟岸的]与第二行的ὑπένερϑεν[在泥土下]之间形成的对比。简洁而充实的感觉,坚定的节奏,词语之间几乎不可置换的完美顺序,都表明它出自大师的手笔。但接下来我们必须弄明白的是,阿基洛库斯为何用长箫歌曲的韵律来创作墓志铭?

在古希腊,如果人们想要写墓志铭,诉歌绝非唯一可供选择的

---

① Diehl 辑录,辑语 16。
② 同上,辑语 17。
③ 对此的异议参见 R. Reitzenstein,《短诗和宴饮歌》,前揭,页 107。

体裁。比如与诉歌几乎齐名、并比诉歌稍早的六音步诗体(hexameter),再比如出自罗德岛(Rhodes)①和忒拉岛(Thera)②的碑铭——这些证据都表明,早在公元前六百年以前,墓志铭的写作方式就比较多样,而且不仅仅限于一个地区。在这一类碑铭中,最经典的例子当属克莱俄布卢斯(Cleobulus)在罗德岛的林都斯(Lindus)为弥达斯王所创作的墓志铭。比之于其他墓志铭,这篇碑文显得更为文雅,语言更加优美,不过它所描写的依然是那个阶层的人们:

[175] 我是一个青铜少女,长驻弥达斯的坟墓。

河水流淌,高高的树木抽芽吐翠,

日月东升西落,交替着它们的光辉,

河流奔涌入海,而海水扬波,

守着这堆同样悲苦的土丘,我该不该

告诉路人这是弥达斯的坟茔?③

将上面这首诗与其他以六音步诗体形式写就的早期墓志铭放在一起,我们便会发现一些有趣的现象。这些碑文大多关注的是纪念碑本身以及制作纪念碑的工匠——它们似乎不太关心碑石下面泥土中躺着的死者。在罗德岛上,一段只有两行的、大概镌刻于公元前7世纪的碑文里,甚至根本没有提到死者的姓名,而只是淡淡

---

① Geffcken,《希腊短诗》(Griechische Epigramme),前揭,辑语17。
② 同上,辑语18。
③ 第欧根尼·拉尔修,《名哲言行录》,卷一,6;William Marris 爵士英译。[译按]中译主要依据英译译出,并参考徐开来、溥林译文,《名哲言行录》,桂林:广西师大出版社,2010,页91。

地说：

> 我，伊多梅纽斯，制作了这块墓碑，
> 这让它带上了荣誉的光环。
> 除了宙斯，谁都无法将它破坏。①

另外一段碑文躺在忒拉岛的碑石上，仅仅刻着这么一句话：

> 将我立在这里的，是克利托布洛之子俄玛斯塔斯。②

在纪念碑的其他地方没有任何附加的文字。在以上两首诗文包括前面克莱俄布卢斯的那首诗中，墓碑本身的重要性都超过了墓碑所纪念的死者。

[176]早期六音步墓志铭诗歌对死者保持冷漠，同时却非常看重碑石的长久永恒，其中的原因有两点。其一，在古希腊人的意识里，总是希望一个人的某些东西能在他死后继续存留。其二，人们害怕一旦刻上死者的名字会给尸体或死者的灵魂带来厄运。另外，不说出姓名还为了避免神明的妒恨。制作纪念碑或撰写碑文者的名字却经常会被提及，理由是，通过他的劳动或记忆，死者才能够以这种方式延续其生命，这块碑石因此也就成了这种记忆的可靠且可见的标志。此处的关键是回忆的延续，而延续回忆的关键则是将记忆保存并具体化了的墓碑。西蒙尼德斯曾嘲讽过克莱俄布卢斯，因

---

① Geffcken，前揭，辑语17。
② 辑语18。

为他认为后者竖起碑石是为了与永恒的自然之力对立;①但事实上,克莱俄布卢斯关心的是弥达斯生命的延续,这种延续乃是借由诗人的记忆以及将该记忆表达出来的墓碑。这一类型的墓志铭由来已久并为后人继承。在稍晚的世纪里,此类墓志铭有时会镌刻死者的姓名,有时则依然不会提及死者,但最经常提及的,还是制作者或捐赠者的名字。这样的例子数不胜数,比如在迈萨那(Methana)、②特罗曾(Troezen)③和科孚岛(Corcyra)④都发现过刻有此类墓志铭的碑石,其创作时间大概分布在公元前7到6世纪期间。有一个例外,就是位于科孚岛的、纪念在战争中阵亡的阿尼阿达斯(Arniadas)的碑石,碑文中并没有提及是谁立起了这块碑石——不过我们可以推断,阿尼阿达斯这位烈士在当地非常知名,所以当时的人们认为没有必要再依靠一个石匠来保障这种记忆的存留。如同[177]提尔泰奥斯笔下的战士形象一样,阿尼阿达斯将在同胞对他的无限怀念中永生。

如果我们拿早期的诉歌体墓志铭与上面我们所讨论的六音步体墓志铭作一个比较,就会发现内容上的一些不同之处。就诉歌体墓志铭来说,首先,墓碑制作者的姓名只是偶尔出现。比如,也许我们会在碑石上看到"雅典的狄奥多罗斯为自己的儿子斯特西阿斯(Stesias)而立",⑤或者"斐提亚德(Philtiades)为兰皮托(Lampito)立

---

① 辑语48。参见《古希腊抒情诗》,前揭,页399-400。
② Geffcken,前揭,辑语56。
③ 同上,辑语57-58。
④ 同上,辑语53-55。另参参见 D. L. Page,《古希腊人的诗歌与生活》,前揭,页211-214。
⑤ Geffcken,前揭,辑语42。

此碑"①等字样,但这样的情况并不常见。相反,诉歌体墓志铭几乎必然会提及死者的姓名。其次,有些诉歌墓志铭在形式上更为特别:它们通常会让死者在碑文中发言。因此可以说,这类墓志铭就是死者留给世界的遗言。公元前6世纪竖立在西珀利亚(Sepolia)的一块碑石为我们提供了一个很好的例子:

> 亲爱的同胞,抑或异乡人,
> 　请怀着同情路过勇敢的特提库斯的坟墓;
> 他在战场上倒下,美好的青春便遽然告终。
> 　掬一捧同情的泪吧,然后继续你好运的旅程。②

最后,死者借助墓志铭发话时,其假想的听众往往是偶然经过的路人,他往往会要求路人停下脚步,对他洒下同情的泪水。雅典有一处建于公元前6世纪的碑石只有这么简单的两句话:

> [178]朋友,也许你路过这里时怀着自己的心事,
> 　也请小驻并报以同情:这是忒拉松(Thrason)的坟墓。③

死者希望这些素不相识的路人能纪念他,哪怕仅仅是稍作停留。

这些诉歌体墓志铭在艺术手法上区别于六音步诗体墓志铭的地方,主要体现在如何处理死者与生者的关系。第一,诉歌体墓志铭更加私人化。与六音步诗一样,诉歌也着眼于死者的生命在记忆

---

① 同上,辑语46。
② 同上,辑语47。
③ Diehl 辑录,辑语41。

中的延续,然而诉歌更强调的,是死者所要求的同情——这是一种充分人性化的情感,一种源于心灵的共鸣,由于其真实性和具体性,它不可避免地需要提供死者的姓名。所有涉及死者的记忆都包含着与死者在某种形式上的交流,于是,在这类诉歌中,死者能够"开口说话",哪怕他们的话往往非常简短并且无法更改。第二,在诉歌体墓志铭中,死者与生者的关系不会局限于一个人或少数几个人之间。死者对每一个陌生的路人都会以朋友之间的语气说话,因为只要是生者,都能将已在九泉之下的他和这个鲜活的大地联系起来。也因为如此,这类诉歌为我们揭示了属于死者的更为生动的情感和更为真实的状态,它们不像六音步体仅仅专注于碑石本身并怯于提供死者的姓名。不过,虽然在这些简短的诗行中充满毫不矫饰的哀伤情绪,,但它们却很少使用哀悼式的词语。这并不是伯罗奔半岛或欧里庇得斯悲剧意义上的ἔλεγοι[哀歌]。在诉歌体墓志铭的背后有一种对待生命的态度:[179]死者也应有一定的尊严,这种尊严通过在某种程度上维持死者生前的能力而实现。然而,上面这些内容上的特点都依然无法说明,为何此类墓志铭要采取诉歌这种艺术形式。

当然,合理的解释还是有的。我们在前面已经了解到,诉歌这一体裁往往关系到好人的品质以及他的ἀρετή[美德],而且在很多情况下,一个人变得"好"是由于他为国捐躯。通过此种大无畏的行为,他成为后来者眼中的榜样,并且理所当然地得到后人长久的纪念。一个简单而富有启发性的例子来自公元前 6 世纪的雅典。在阿尔克梅尼德(Alcmeonid),曾流传着一首双行诗,其内容是回忆一个为推翻庇西特拉图之子的僭主统治而死亡的勇士:

仆人们,快为纪念永远的刻冬而斟满美酒;

为豪杰之士而痛饮是无可非议的事情。①

由于为一项正义的事业牺牲,刻冬成为了 ἀνὴρ ἀγαθός[好人];从此,纪念他也成了人们聚会欢宴时的一个程序。此类的斟酒仪式几乎算得上是一种祭神礼,比如在每年一度的纪念普拉蒂亚(Plataea)之战阵亡者的仪式上,雅典执政官会为那些英烈的灵魂祝酒,并说:"为那些倒在争取自由的战场上的希腊人干杯"。② 此类形式的诉歌虽然[180]属于长箫歌曲,但与对逝者的记忆紧紧相连。如此趋势使得诉歌诗体几乎要变成墓志铭的专属体裁。在墓志铭中,死者在想象中以第一人称开口说话,并恳请路人向他的坟墓投以怜悯的目光——这实际上象征着一种记忆中的永存。

公元前6世纪,诉歌体墓志铭已经相当普及,并且衍生出了一些不同的形式。最常见的长度是两行或四行,在如此短小的篇幅里,除了介绍死者的姓名和关于他的最为突出的事迹之外,根本没有多余的空间。于是就出现了兰皮托墓碑上的"他死在远离母邦的异乡",③以处女之身亡故的菲拉西克莉(Phrasiclea)墓碑上的"她从神明而非婚姻那里获得自己的名誉",④以及克塞诺芬图斯(Xenophantus)的父亲为儿子立碑,以"纪念他的美德与节制"。⑤ 上述类型的墓志铭都属匿名作品,创作碑文的诗人们的名姓永远泯灭无闻。不过有的时候,一些著名诗人会在这精巧的诗作中挥洒自己的

---

① Diehl 辑录,辑语 23。
② 普鲁塔克,《阿里斯提德传》,21。
③ Geffcken,前揭,辑语 46。
④ 同上,辑语 49。
⑤ Geffcken,前揭,辑语 43。

才能并留下印记。有三首归于阿纳克瑞翁名下的精美墓志铭一直保存至今,其真实性应该没有疑问。这三首墓志铭纪念的并不是知名的人,但都展现出高水平的诗艺。其中一首,是纪念一个因保卫阿布德拉(Abdera)而牺牲的战士,我们知道阿纳克瑞翁曾在阿布德拉度过自己的青春岁月。而且,阿纳克瑞翁似乎还精选了自己的一部分墓志铭诗歌,编入自己的诗歌选集。其中有两首双行诗的创作年代,[181]正好是诗人在忒萨利(Thessaly)享受王室座上宾待遇之时。① 阿纳克瑞翁诗歌独特的力量与技巧,在他写给提谟克里特(Timocritus)的碑文中有比较明显的体现:

> 这里是勇敢的提谟克里特的坟墓:
> 难道,战争之神不顾勇者,只保护懦夫?②

阿纳克瑞翁用自己独有的方式向世人宣告,躺在坟墓中的死者是真正的 ἀνὴρ ἀγαθός [好人],值得后人铭记。在另一首墓志铭中,诗人又用四行诗句赞颂了这一无比崇高的美德:

> 勇猛的阿伽通,为保卫阿布德拉而战死沙场,
> 　　在葬礼上,整个城邦都为他痛哭。
> 在那布满血腥的战场,战神阿瑞斯
> 　　何以忍心击杀一位如此优秀的青年?③

---

① Diehl 辑录,辑语 107–108。
② 辑语 101。
③ 辑语 100。

此处，对英雄的纪念属于整个城邦，因而诗人提及埋葬战士的盛大葬礼。

到了波斯战争期间，希腊人的自由受到威胁，人们都开始为自由而战，此时诉歌体墓志铭发展到了它的顶峰。此后，人们经常引用一些据称来源于该时期的墓志铭诗歌，在那之中，有一部分就是克欧斯岛的西蒙尼德斯(Simonides of Ceos)所作。后来，梅利埃格(Meleager)在编撰西蒙尼德斯的诗集时曾表示，他所收录的不仅有西蒙尼德斯最经典最重要的作品——他将之比喻为花朵，还包括：

[182]西蒙尼德斯那些柔嫩的小枝，①

而时下所能见到的《皇家诗选》(Palatine Anthology)，则是在梅利埃格选本的基础上，又加入了一些西蒙尼德斯名下的碑铭和其他讽刺短诗。如果这些诗歌都是真实的作品，那么关于希腊这段性命攸关的历史时期，我们就拥有了相当数量可资研究的作品。只是，哪怕在整个希腊诗歌史上，这些作品的真实性依然是一个相当棘手的疑问。当然，我们不能够全盘否认这些作品的真实性，但我们同样无法确证到底哪些作品是真实的，哪些又是伪造的。对于这个问题，各种意见层出不穷，但无论哪一种意见都离最后定论相

---

① 《皇家诗选》，卷四，1，8；[译按]《皇家诗选》(Anthologia Palatina)是1606年发现于海德堡皇家图书馆的一部希腊语诗集选本，包括不少短诗。据考证，此书是以公元10世纪前后的Constantine Cephalas编辑的诗选为底本，集中选录了公元前7世纪到公元6世纪期间的希腊语诗歌经典。

当遥远。①

除诉歌体墓志铭外,西蒙尼德斯还创作了其他诉歌作品,他自己曾将这些诗歌编为一本选集,该书一直流传到亚历山大大帝时期。并且,我们可以找到证据支持如下的观点:在西蒙尼德斯的观念中,诉歌作品并不包含他所创作的、刻在墓碑上的诗歌,即墓志铭。在诗人自己编撰的选集里,各种诗歌形式都占据一定的篇幅,其中有个别篇章乍一看像是墓志铭,但严格来说并不属于墓志铭诗体。比如,诗集中有一首双行诗,其内容是对罗德岛的提谟克里昂(Timocreon)的辛辣嘲讽。② 由于提谟克里昂在西蒙尼德斯死后还生活了一段时间,所以该诗定然创作于提谟克里昂依然在世的时候。在诗中,西蒙尼德斯故意采用了墓志铭的形式来对提谟克里昂加以嘲讽。揭露该诗旨意的关键就是[183]κεῖται这个意义含混的词语,它既可以意指"死亡"又可以意指"堕落"。诗集中还有几首诗歌,内容也是对某位死者的回忆,却是在酒宴上歌唱或朗诵的。和前面介绍的那首写给刻冬的诗歌一样,这些诗并不属于刻在碑石上的墓志铭。在该类型的诗歌中,有一些诗行涉及对诗人的一位同乡,克欧斯岛的克里斯提尼(Cleisthenes)的回忆。这位同乡据说最终丧身于茫茫大海,西蒙尼德斯如此纪念他:

>一个陌生的大陆保存你的遗骨,流浪的克里斯提尼啊,

---

① 参见威拉莫维茨,《萨福与西蒙尼德斯》,前揭,页192 - 232;A. Hauvette,《西蒙尼德斯短诗真实考》(De l'Authenticité des Epigrammes de Simonide), F. Alcan,1896;M. Boas,《西蒙尼德斯短诗》(De Epigrammatis Simonideis),Wolters,1905。

② Diehl 辑录,辑语99。参见《古希腊抒情诗》,前揭,页380。

　　　　你的命数也许就是在大海上载沉载浮。
　　　对你，永远不会有甜美的归乡，
　　　　你将再也见不到那四面环海的克欧斯故土。①

　　这里提及一些非常具体的信息：死者的姓名、生平和家乡，死者死亡的地点和原因。西蒙尼德斯并没有明确地说自己要特意记录什么，他只是通过该诗来保存这一记忆。然而，读者可以感受到，这些信息以一种十分艺术化的、富有吸引力的方式组合在一起并呈现出来。借助克里斯提尼所丧生的外乡与他那四面环海的美好家乡的比较，这首诗歌笼上了一层浓重的悲感，而永远无法归家的流浪者的形象则似乎有着一丝讽刺的味道。综上所述，该诗绝不是对事实的简单记录，而是在字里行间渗入了诗人的遗憾与同情。[184]下面再来看看西蒙尼德斯用一首双行诗对另一位死者的纪念：

　　　无论何时，卡利亚斯，只要我看到
　　　　梅加克勒斯的坟茔，就会怜悯你悲惨的命运。②

　　首先，该诗体现了诗人对卡利亚斯的关怀，因为后者丧失了梅加克勒斯这位挚友。但从本质上来说，这两行诗依然是对死者的纪念。而且，一个人去世后带给别人的悲痛越强烈，就越说明他在生前得到人们的认可。
　　还有其他一些被后人误认为墓志铭的作品，大多也可归为此

---

①　辑语135，Walter Leaf 英译。
②　辑语84。

类。它虽然都具有墓志铭诗歌简明而善感的特点,但因为以下两个原因,使它们区别于严格意义上的墓志铭:其一,死者在这些作品中并不开口说话;其二,作品中并没有提及这些文字要刻在死者的墓碑上。然而,如果我们从语言风格和思想倾向上来考查,这些诗歌确实又与墓志铭非常相像,两者都着重于对死者的纪念。下面一首四行诗所纪念的,是提莫纳(Timenor)的儿子提谟马库斯(Timomachus):

> 提谟马库斯躺在父亲的臂膀里,
> 奄奄一息中丧失了青春的欢乐。
> 　让我们用下面的话来和他永别:
> "提莫纳啊,为您的儿子哀悼吧,
> 您也许再也无法亲近
> 　一个如此勇敢(ἀρετὴν)与节制(σαοφροσύνην)之人。"①

[185]该诗的最后一行让我们想起一首年代更早的、父亲为儿子而作的墓志铭:

> 他的父亲,克莱俄布卢斯,树立了这块墓碑
> 　用以纪念其子克塞诺芬图斯的美德(ἀρετῆς)与节制(σαοφροσύνης)。②

---

① 辑语 128,T. F. Higham 英译。
② Geffcken,前揭,辑语 43。

上面两首诗的最后一行都沿袭了此类诗歌的传统写法。ἀρετῇ[勇敢、美德]和σωφροσύνη[节制]是最为人敬佩的品质,而σαοφροσύνη[节制]这一古老的词形在两首诗中的运用,则暗示出其中的悠远情怀。西蒙尼德斯在使用这些古老的词汇时,已注入了自己的情感体验。与此特征相似的,还有一首纪念未婚而逝的提马库斯(Timarchus)的四行诗:

> 因为嫉妒这青年的灵魂,残忍的疾病(νοῦσε βαρεῖα)
>   悄悄地侵入他那甜美的(γλυκερῆς)青春华彩(ἐρατῆι)。
> 于是,还没来得及寻到自己的眷侣,
>   提马库斯的生命便宣告终结。①

此处,对未婚而亡的巨大遗憾依然是一种传统的观念,这也可以见于位于雅典的、纪念菲拉西克莉的墓志铭。然而,正是西蒙尼德斯对这个观念的精致刻画,使得它更为人们所接受。诗人用ἐρατῆι[美好的]和γλυκερῆς[甜美的]这两个形容词来强调生活的甜美,继而又用疾病的可怕与残忍,νοῦσε βαρεῖα[残忍的疾病],形成鲜明的比照。[186]在这些诗歌中,所有基本的要素都来自史实,但没有一个完全照搬原意。

此类诗歌向我们展示了西蒙尼德斯对于追悼性质的诉歌的纯熟掌握,而他在这类诗歌中展现出的艺术手法,也与墓志铭诗体中的手法极为相似。因此,我们理所当然就会推断,西蒙尼德斯也许同样是墓志铭诗歌的专家,他也可以自然而然地让死者在诗中开口

---

① 辑语 130;William Marris 爵士英译。

对生者说话。这一推断并非无法证实的假设。如果西蒙尼德斯从未创作过一篇墓志铭，我们难以想象如何会有那么多的墓志铭被归到他的名下。当然，关于西蒙尼德斯与墓志铭诗歌，我们还有很多未解的疑问。其中，最为关键的问题是，西蒙尼德斯本人并没有将自己的墓志铭体短诗编撰成册，而在他所编撰的个人诗集中确实也没有一篇真正意义上的墓志铭。一直到公元前4世纪末叶，由于当时的雅典和斐洛克鲁斯（Philochorus）等地所兴起的考古热，人们才编撰了名为《阿提卡箴言集》(Ἐπιγράμματα Ἀττικά)的选集，①其中收录了归在西蒙尼德斯名下的墓志铭。虽然该书的编者编撰态度认真严谨，但他依然在下面这一普遍存在的困难面前一筹莫展：在丧葬墓志铭诗歌中，作者的姓名通常都付之阙如。基于这种情况，编者在考证诗歌的作者时便不得不求助于当地民间的口耳传说，因此，该选集中对诗歌作者的标注并不完全可靠。而且，对于当时的人来说，把一些早期的墓志铭归在赫赫有名的西蒙尼德斯名下，是一种省事且讨好的办法。造成的后果是，一些明显不是西蒙尼德斯创作的诗歌也被归于他名下，因为诗中涉及的事件发生在西蒙尼德斯逝世之后，[187]却也堂而皇之地署上了他的名字，比如有一首诗提到欧利梅登战役（Eurymedon），②还有一首提到索福克勒斯之死，③它们的作者都被冠以西蒙尼德斯之名。然而，就算我们能够

---

① 《苏伊达辞典》，φιλόχορος词条。
② 辑语115。[译按] 欧利梅登战役（Eurymedon）是发生在第二次希波战争期间的著名战役，大约发生于公元前469年。雅典人领导的提洛同盟，进攻波斯帝国小亚细亚的领地，在小亚细亚欧利梅登河口附近发生战斗。双方在陆地与海上同时间进行战斗，最终由希腊城邦获胜。
③ 辑语127。

把此类困难消除掉,也还有一个更大的疑团继续阻碍我们的研究:这本诗选的编者何以知晓哪些诗歌是、哪些又不是西蒙尼德斯本人所作?他所依赖的也许只是民间传说,而这似乎并不太可信。

对此疑问的唯一解答是,或许当地人的传说并不像我们今人想象的那样毫不足信。在某些情况下,它们是对历史著作的一种重要补充,我们永远不能排除的可能性是,这些传闻也许或多或少有真实的成份。举个例子来说,这些传闻所指涉的诗人,有时完全没有任何名气。比如,拜占庭的斯提法奴斯(Stephanus)就曾表示,那些在波斯战争中殒命的战士们的碑文,都由麦加拉的菲力亚德斯(Philiadas)撰写。① 由于关于菲力亚德斯并不存在任何其他的文献记载,所以我们敢于相信这则传言的真实性——对于一篇有价值的作品,没有人会把它归于一个没有名声的诗人名下,唯一的可能是这位名不见经传的诗人真的创作了这首诗。上面的例子证明,当地人的传说中一定也存在着真实的因素。然而,一旦我们将目光移向大名鼎鼎的西蒙尼德斯,当时最知名的墓志铭诗人,这种或然的可信性还存在么?难道人们不会将本不属于他的作品强加在他的名下?

不幸的是,我们的怀疑可以在现存的希腊墓志铭诗歌中得到证实。其证据主要有两点,[188]第一,在亚历山大大帝时代,甚至在年代更早一些的雅典,很多诗人都模仿西蒙尼德斯,并将自己的作品署上西蒙尼德斯之名。举个例子,据说他曾为马拉松战役中牺牲的雅典人撰写过墓志铭。演说家莱克格斯就曾引用过这首双行诗,

---

① 参 Θέσπεια 条。

因此它至少在那个时期就已经存在。① 该诗并非异常出色,但其中自有一种高贵的品质。看上去,它似乎是为了满足某种需求而在仓促间完成的。如今,经过专家的论证,几乎可以确认,该诗并非西蒙尼德斯所作。在来自美国的考古队发掘的雅典广场文物中,有一首四行诗——根据其字母的写法可以断定,它是公元前490年前后的作品,人们推测,该四行诗才是西蒙尼德斯为马拉松战役的英魂而创作的作品。② 考古发现的这首诗与其他声称是西蒙尼德斯所作的墓志铭有明显不同,也就是说,其他作品一定是后世的伪作。我们不难推断那些伪作出现的原因。公元前480年,波斯人纵火焚烧雅典城,那块纪念马拉松战役阵亡者的碑石被湮没在荒草之中不见踪迹,所以,公元前4世纪时的诗集编者也不可能看到这块碑石上的碑文。但是,人们知道西蒙尼德斯确实创作了这首墓志铭,于是,当时的一些诗人为了弥补这个损失而试图写出与原作相仿的墓志铭。其中有一位诗人的仿作较为优秀,人们于是慢慢地接受了这一作品,而真实的作品仍然泯灭无闻。

下面是支持我们的怀疑的第二条证据。早期墓志铭的朴素[189]并不总是符合后代人的口味,后人需要一些更丰富多彩甚至带有适量夸张手法的作品。一个简单的例子可以说明这种倾向的演进。普鲁塔克曾引用过一首四行诗句,称它们是西蒙尼德斯为萨拉米斯(Salamis)海战中阵亡的埃吉纳人(Aeginetans)所作:

朋友,我们曾居住在科林斯湾柔美的海水边,

---

① 辑语88。
② 参《古希腊抒情诗》,前揭,页355-357。

> 如今,在埃阿斯的岛屿萨拉米斯有着我们的坟茔。
> 在腓尼基人的战船前,在米堤亚人与波斯人(Πέρσας)面前,
> 我们捍卫希腊的光荣,直至惨遭屠戮。①

该四行诗存在以下几个疑点:诗歌第三行那个短音节词语 Πέρσας 带有明显的多里斯人的语言特色,人们却相信它出自伊奥尼亚人西蒙尼德斯之口。就当时的希腊人来说,他们还根本无法区分米堤亚人与波斯人的不同。此外,该诗的后两句拖沓而浮夸不够坦诚。但是,所有这些疑点都很难打消人们对普鲁塔克的权威性的信任。这种信任最终因下面这一发现而动摇:在萨拉米斯,考古队发掘出一块碑石,上面刻有该诗的前两行而没有后两行。这一发现可以让我们肯定,这两行诗一定是年代久远的作品,虽然不一定真的出自西蒙尼德斯之手;后两行则很可能是后人狗尾续貂之作。不过,该发现也导致另外一些棘手的问题。除了该诗之外,还有一些四行诗据说也是西蒙尼德斯所作,那我们该如何对待这些诗作呢?其中也有一些浮夸的、过分悲痛的语言。[190]而且,后人添加的诗句越是精美,我们就越是难以判断其真伪。例如下面这段著名的四行诗,人们认为它的内容是纪念公元前506年希腊人战胜哈尔基斯人(Chalcidians)和波厄提亚人(Boeotians)的历史事件,它的作者到底是谁? 其中是否也混有后人的伪作?

> 我们在德斐斯(Dirphys)的险境中倒下,
> 在这曲折的溪流旁,我们的同胞

---

① 辑语90 c。

为了给我们提供一个安稳的归宿
   建起了这座青冢,作为对亡灵的献礼。

这个礼物是我们所应得(οὐκ ἀδίκως):因为青春甜美,
   但我们捐出青春,义无反顾,
尽管战斗的风暴锋如刀刃,
   湮灭了我们所有的时光。①

该诗的后半部分能够给读者留下深刻印象,但也有一些批评家对这几行文字的真实性持怀疑态度。确实,从对前面那首四行诗的分析来推测,无论如何存在这么一种可能性:该诗的后半部分或许是后人添加上去的,这种可能性在该诗中尤其值得重视,因为诗的后半部分所包含的 οὐκ ἀδίκως[并非不当]一词也曾在一首作于公元前 4 世纪的墓志铭中出现过。②

与此相似的对此类作品的怀疑,我们还有第三个例子。一些比西蒙尼德斯稍晚的作家习惯于模仿这位前辈的方式来创作墓志铭,这些仿作往往被人们简单地归在西蒙尼德斯名下。公元前 3 世纪时,忒欧多里达斯(Theodoridas)就曾指责[191]纳萨卡斯(Mnasalcas)制造此类伪作,③当然伪作诗人绝不止纳萨卡斯一人。我们无法知晓,这些诗人是否真的想要蒙蔽世人,让他们相信自己的作品是出自西蒙尼德斯之手,但从客观上来说,这些伪作确实达到了如此的效果。于是,在西蒙尼德斯死后整整一个世纪的时间里,西蒙

---

① 辑语 87;T. F. Higham 英译。
② Kaibel, Epigrammata Graeca No. 38.
③ *Anth. Pal.* xiii. 21.

尼德斯式的墓志铭层出不穷。有时这些伪作还能够加以识别,例如,有两首据称是西蒙尼德斯所作的墓志铭,其内容是纪念在保卫忒革亚(Tegea)的战役中牺牲的战士。① 从西蒙尼德斯的经历来看,他很可能创作过其中的一首。诗人对忒革亚的支持,也许是由忒米斯托克勒斯(Themistocles)在波斯战争后推行的反斯巴达政策所激发。在这一背景下,忒革亚人对斯巴达人的反抗就成了值得关注的大事件。在这两首与此主题相关的墓志铭中,第一首无论在形式还是内容上都无懈可击,而第二首墓志铭则让它的伪作者露出了马脚:

> 让他们静静地躺在坟墓,而我们将铭记
> 　　这些为忒革亚阵亡的英魂,
> 他们曾紧握长矛,誓死守卫
> 　　这片土地和它所承载的生灵。
>
> 他们在战斗中冒死前行
> 　　为的是捍卫希腊人自由的花冠,
> 以免这光辉灿烂的圣物,
> 　　在敌人的攻击下坠入泥土。②

诗作者在渲染悲情的气氛上确有天赋,却在一个形式问题上出了差错:他将两种不同类型的短诗混为一谈——[192]这是西

---

① 辑语122,辑语123。
② T. F. Higham 英译。

蒙尼德斯本人绝对不会犯的错误。当这位作者提及死者的坟墓（τῶν ὅδε τύμβος）时，他显然将自己的诗作当成了真正意义上的墓志铭，然而通过对"铭记"（μνησώμεθα）一词的使用，他又开始模仿一种性质完全不同的诗体：纪念性诉歌——前面提到的写给刻冬的诗歌就属此类。由此可知，该诗绝对是模仿之作。然而，有一种可能性无法排除，即其他模仿者的伪作也许远比这位诗人的作品来得成功，因此，在众多我们归之于西蒙尼德斯的诗作之中，不可避免地会混有后人模仿其风格的伪作。

以上就是对西蒙尼德斯作品之真实性的种种质疑。这些质疑涉及面广泛，很难完全化解。但我们依然可以提出一些适当的反驳。虽然不能从根本上解决问题，但我们至少能证明，还是有一部分流传下来的西蒙尼德斯诗作是真实可信的。下面我将列出一些检验西蒙尼德斯诗作真伪的方法，也许不尽完美，但对于研究西蒙尼德斯确有重大的参考价值。首先，一些归在西蒙尼德斯名下的诗歌，无论从内容还是形式上来讲都具有非比寻常的卓越性——很难否认这些作品是出自西蒙尼德斯之手。这类作品中，最典型的当属为先知美吉司提亚斯（Megistias）创作的诗歌，[1]该诗的真实性还得到了希罗多德的确认。与之类似的，还有亚里士多德所确认过的写给阿刻狄凯（Archedice）的诗歌，[2]以及在古安哥拉地区（Agora）发现的为马拉松的陷落而创作的诗作，还应该列举与此诗相关的为温泉关之陷落而写的两首诗歌，[3]虽然希罗多德没有告诉我们这两首诗是西蒙尼德斯之作，但他引用这两首诗的上下文背景，却与前面

---

[1] 辑语 83。
[2] 辑语 85。
[3] 辑语 91，辑语 92。

那首写给先知美吉司提亚斯的诗歌完全相同。其次,还有一些作品,其内容与西蒙尼德斯所生活的环境非常契合,一定程度上我们也可以相信它们的真实性。那首为忒革亚的陷落①而创作的墓志铭,[193]非常符合诗人支持的忒米斯托克勒斯的政治纲领;那首描写吕卡斯猎犬的诗歌②,会让我们想起诗人曾在忒萨利居住的日子;而那本科林斯式(Corinthian)的短诗选集,则印证了他在科林斯的生活和故事。据说,西蒙尼德斯还有两首纪念普拉蒂亚陷落的墓志铭,③按照他的生活经历,这两首诗应该不是他本人的作品,而是出自马拉松地区某位桂冠诗人之手。最后,还有一些作品,我将之算作西蒙尼德斯本人作品的理由是风格上的极度相似:无论是诗歌的结构或是语言特色,它们都会让读者想起那些确定是西蒙尼德斯本人的作品,例如那首描写伊特鲁里亚人在为德尔菲奉献祭前迷失海上的诗作。④ 当然,上面列举的这些作品很少有可以毫无争议地确定为出自西蒙尼德斯之手的真作,而我没有列举的作品也有可能是西蒙尼德斯本人所写。也就是说,一切都不是最后的定论。

虽然如此,从这些零散的作品中,今人仍然能大致整理出西蒙尼德斯的诗歌风格,也可以推想诗人如何在严格的传统和有限的空间里运用这种引人注目的风格和形式。探讨西蒙尼德斯的诗歌艺术,最好是以他最优秀的篇章开始,以便看出这种艺术所能达到的高度。诗人最著名的墓志铭,就是那首刻在阵亡于温泉关战役的斯巴达人墓碑上的两行诗:

---

① 辑语 122。
② 辑语 142。
③ 辑语 121 和 118。
④ 辑语 97。

第六章　西蒙尼德斯与墓志铭体短诗

> 异乡人啊,请转告拉刻代蒙人($Λακεδαιμονίοις$),
> 为了遵守他们的话,我们倒在这里。①

为了真正理解这 11 个单词组成的诗歌,我们必须考察该诗的创作背景。[194]在温泉关战役中阵亡的斯巴达人得到了英雄般的崇敬。在斯巴达,对这些死者的纪念形成了一种狂热的崇拜,对于斯巴达男子来说,他们成了理想的典范,鼓励青年人选择为国捐躯这一高贵的死亡方式,以便实现自己的最高价值。于是,西蒙尼德斯也为这些阵亡者们写下这首崇高的颂歌,着重强调他们的事功与荣耀。② 诗人在此处采用一种特别的艺术技法。他没有直言战士们的荣耀,诗中没有提到英雄主义,甚至没有提到他们阻止了波斯人迅速攻陷斯巴达或希腊的惨剧。两行文字中有一种异常的冷静与谦逊。该诗的主旨较为鲜明,虽然也存在对该诗各种各样的误读。产生误读的词汇是$ῥήμασι$[言辞],它是一个极为简单的词,意指"话语"。除了该诗,西蒙尼德斯还在写给达娜厄(Danae)③的诗歌中使用过该词。④ 后来,该词的语义发生了某种变化,因此,人们曾认为它在该诗中意指"律法"或"律令"。然而事实上,它的含义远比这种解释要单纯。该词符合斯巴达人简洁明了的语言特

---

① 辑语 92。
② 辑语 5。
③ [译按]达娜厄(Danae),希腊神话中欧律狄刻和阿尔戈斯王阿克瑞西斯(Acrisius)的女儿,根据预言,她会生下一个对父亲不利的孩子,所以她被监禁在一座青铜密室之中,但宙斯化作金雨,与达娜厄幽会,生下英雄珀耳修斯。
④ 辑语 13,行 17。

色——正是在这些简洁的语言和谚语的熏陶下,斯巴达青年渐渐形成了自己的理想。① 那些战死的青年没有辜负自己所受的教育。由此看来,连西塞罗(Cicero)对该诗的翻译都不尽确切:

异乡人啊,请转告斯巴达人(Spartae),
　为了遵守他们的法律(legibus),我们倒在这里。

后世的希腊人犯了比西塞罗更严重的错误:他们把 *ῥήμασι πειθόμενοι*[遵守话语]改成了 *πειθόμενοι νομίμοις*[遵守礼法]。

该诗的所有词汇都具有简洁而清晰的特征,然而整首诗所呈现给读者的,却是一件尽善尽美的艺术杰作。② [195]其一,所有词语的顺序安排都是为最后一个词语 *πειθόμενοι*[遵守]的出现做铺垫,这突出了一种英雄式的死亡,这种死亡应当成为服从这一品质的典范。其二,是不定式祈使句的运用(体现在 *ἀγγέλλειν*[告知]一词)。这种祈使句在军事题材中使用比较频繁,所以用在这里也相当符合该诗的内容。同时,这种语气也是斯巴达人的用法,在修昔底德的著作中,作者唯一一次使用祈使句,就是斯巴达人布拉西达斯(Brasidas)对克莱里达斯(Clearidas)所说的话: *σὺ δὲ Κλεαρίδα....αἰφνιδίως τὰς πύλας ἀνοίξας ἐπεκθεῖν καὶ ἐπείγεσθαι ὡς τάχιστα ξυμμεῖξαι*[而你,克莱里达斯,快打开门冲出去,为了这次战斗全速前进]。③其三,在该诗第一行的显要位置,*Λακεδαιμονίοις*[拉

---

① 参见罗伯茨(W. Rhys Roberts):《西蒙尼德斯的十一个词语》(*Eleven Words of Simonides*),页 7 – 11。
② 参《西蒙尼德斯的十一个词语》,前揭,页 12 – 14。
③ 修昔底德,《伯罗奔半岛战争志》,卷五,9。

刻代蒙人]这一响亮的词汇尤其引人注目。埋葬在墓中的死者都没有留下姓名,但都是地道的斯巴达人,因此,他们也只希望自己能得到所有斯巴达人的纪念。其四,该诗在音律上让人感觉和谐悦耳,这一方面来自字母x在单词χείμεϑα和χείνων中的重复,另一方面则来自于双元音εί在两行诗中五次重复出现。所有这些艺术技巧似乎很难在短短两行诗句中得到完美的体现,但是诗人却毫不费力地做到了这一点。

西蒙尼德斯并没有创作太多与该诗风格相似的墓志铭。他赞赏希腊各个城邦所具有的独特风貌,并欣赏不同城邦之间理想的差异。他机智地观察到这些理念上的差异,将之体现于一些颂扬死者的墓志铭之中。[196]在西蒙尼德斯创作的纪念普拉蒂亚之战牺牲者的两篇墓志铭中,这种差异性也有一定程度的体现。这两篇墓志铭,一篇写给斯巴达人,另一篇则写给雅典人。在第一篇中,诗人写道:

> 他们穿过致人死命的乌云,
> 　　将永不凋谢的荣耀花环留给自己亲爱的故土,
> 这些虽死犹生者。是英勇的精神,将他们
> 　　从无边的黑夜提升至杰出者的行列。①

这四行诗句表明,西蒙尼德斯继承了提尔泰奥斯的理想。那些烈士英勇就义不单单是为了自己的荣誉,更是为了母邦的荣光,从这种意义上来说,他们虽死犹生,这与提尔泰奥斯笔下的勇士们所获得的永生类似。他们的荣誉将不朽,在诗人眼里,他们也找到了

---

① 辑语 121,H. Macnaghten 英译。

那唯一的、真正的 ἀρετή[卓越],也就是为斯巴达城邦的利益而牺牲。诗人宣扬的观念对于斯巴达人来说很容易接受,因为它们来自于古老的传统,对当时的人来说也理所当然。在语言的运用上,该诗唯一的一个隐喻"致人死命的乌云"也是一种传统说法,虽然它更多指战场上的情景。在此,比较新颖的,是这些传统意象与说法的组合,更是用最简洁的语言对古老观念的提炼。与之形成比照的,是另一篇写给雅典人的诗歌:

[197]如果英勇就义是战士最好的结局,
　　那么我们躺在这里便是莫大的荣幸。
　　为了将自由的王冠戴在希腊人的额头上
　　我们曾奋斗过,这将赢得长久的敬重。①

此处,没有关于不朽名声的承诺,甚至也没有提及雅典城邦。当然,死于沙场是高尚的结局,但此处,西蒙尼德斯并没有继续将这种牺牲的意义归之于保卫国土。在该诗中,死者希望将自由赋予整个希腊,这个说法一下子就抓住了与波斯人作战的雅典人的精神实质。这让我们回想起埃斯库罗斯的一段诗,它传达出萨拉米斯战场上希腊战士们的心声:

　　希腊的子弟们,前进啊!
　　拯救你们的故土,拯救你们的
　　妻子儿女,国家的祭坛庙宇、

---

① 辑语 118,W. C. Lawton 英译。

祖先的坟茔,为自己的一切而战!①

对于雅典人来说,这样的牺牲换来的是一种个人荣誉,这些话让我们想起后来伯里克勒斯在葬礼演说中的说法,那些为城邦的利益而战死的人将赢得 ἀγήρων ἔπαινον[永恒的赞颂]。② 以上两首墓志铭都有着对于普遍性的诉求,但对各自所纪念的人有不同的运笔。

在西蒙尼德斯流传下来的抒情诗中,无论是对色彩的选择还是那些鲜明的细节,都展现了诗人形象思维的力量,[198]使他的作品拥有栩栩如生的画面感。由于短诗的篇幅短小,形象的描绘实际上受到很大的局限。但我们依然能看到,西蒙尼德斯如何通过对环境的细微点染让一个场面瞬间增色。在为忒革亚阵亡者所作的诗歌中,他写道:

> 不见暗云笼罩,从忒革亚
> 只传来毁灭的火光,弥漫整个天空,
> 然而,依然有人在坚持着,
>   令这片辽阔的(εὐρυχόρου)大地依然屹立。

> 他们顽强地守护着不可丧失的自由,
> 守护着子孙们最圣洁的居所,
> 而他们自己,却冲上战斗的最前方

---

① 埃斯库罗斯,《波斯人》,行402-405。[译按]中译参《古希腊悲剧喜剧全集·埃斯库罗斯悲剧》,王焕生译,南京:译林出版社,凤凰出版集团,2007,页96。
② 修昔底德,《伯罗奔半岛战争志》,卷二,43章第二节。

心满意足地战死沙场。①

当然,上面这首诗歌中,最关键的思想出现在后半段。不过,这脍炙人口的光荣之死需要一个具体的背景,因此前半段的铺垫必不可少。虽然着墨不多,西蒙尼德斯仍然形象地为读者描述了那个烟火燃烧的城镇,似乎斯巴达人已经完全将那里占领。寥寥数语间,诗人给我们以丰富的暗示,升起的烟火就是这种暗示的具象,但诗人没有停留于此,他很快将诗歌转移到他着意强调的主题。另外,εὐρυχόρου[辽阔的]这一形容词的使用也并非仅仅是装饰性的,它描绘出忒革亚的真实情况:一片位于阿卡迪亚(Arcadia)山区南部的富饶土地。正是为了这片辽阔的土地,[199]忒革亚人才会拼死一战。而且,在那首描写吕卡斯猎犬的墓志铭中,西蒙尼德斯也提到她曾在这一地区狩猎:

> 虽然,你的白骨已躺在这青冢之下,
>   女猎手吕卡斯,野兽依然会为你胆战心惊。
> 关于你的传说依然在各地流传:高耸的皮立翁山,
>   若隐若现的奥萨山峰,以及孤傲的基塔隆山。②

诗中的环境描写与内容极为契合。在这崇山峻岭之间,这只猎犬曾经肆意奔跑,而如今一切都归于沉寂。

当然,诗人这些墓志铭背后蕴含的信念依然来源于传统。那些

---

① 辑语 122;T. F. Higham 英译。
② 辑语 142;F. L. Lucas 英译。

向诗人预订碑文的人期待诗人说出他们想听到的话,西蒙尼德斯也这么做了。然而,我们没有丝毫理由怀疑诗人的诚恳,或者设想诗人会根据不同的环境和人群来改变自己的观点和态度。与他那个时代和阶层的许多睿智之士一样,西蒙尼德斯在传统的信念中加入了一些怀疑论的因素——这种怀疑针对当时流行的神学思想——从而形成了属于他自己的坚定信念。不过,西蒙尼德斯的怀疑论走得并不远。与当时大多数人对诸神的看法稍有不同,他认为神明应该具有更多的神力。而他对神明的敬畏也不会因为俗常的观点而有丝毫的削减。[200]西蒙尼德斯与品达和阿基洛库斯的基本观点并无太大不同,这可以在他写给阿刻狄凯的诗作中得到说明:

> 希腊曾经的统帅,希庇亚斯(Hippias)的孩子
> 　　阿刻狄凯,就躺在这坟墓之中。
> 虽有父亲、丈夫、兄长与儿子的权力荫庇,
> 　　她的心并没有因此而自负狂妄。①

阿刻狄凯是希庇亚斯的女儿,庇西特拉图的孙女,她嫁给了兰萨古斯(Lampsacus)的僭主。雅典人认为,她的家族是僭主真实的典型,当然也体现了僭主所有的恶习。然而,阿刻狄凯离开人世后,西蒙尼德斯却在她的墓碑上刻下上面这四行诗句。在诗中,诗人首先接受了大多数希腊人都认可的观点,即傲慢是极大的罪恶。阿刻狄凯是僭主家族的一员,所以人们很容易认为,阿亥狄凯本人也一定有傲慢的恶习。西蒙尼德斯与普通人的不同之处在于,对于阿刻

---

① 辑语85;Water Leaf 英译。

狄凯的德行，诗人没有人云亦云，而是作出了自己的判断。诗人宣称，虽然有着显赫的出身与地位这些诱人堕落的条件，阿亥狄凯却出人意料地保守了自己的节制，即σωφροσύνη。诗人的这一判断引人思索，因为我们知道，西蒙尼德斯与阿刻狄凯的父亲是朋友关系，曾在他的权下得到庇护。虽然如此，人们依然认为西蒙尼德斯是希腊民主政制时代最重要的诗人之一，他本人与僭主的特别关系也并没有得到太多的攻击。当然，不可避免地会有人站出来指责西蒙尼德斯，说他老于世故，[201]说他背信弃义，两面讨好。西蒙尼德斯曾创作过一首双行诗，其内容对他颇为不利，因为他在诗中表示："当哈摩狄斯和阿里斯托革顿（Aristogeiton）杀死希巴库斯（Hipparchus），就像一束光芒照亮了雅典"。① 赞扬杀死自己老朋友的凶手，这在世人看来确是诗人不忠的铁证，即使这两个凶手已经成为人们心目中的城邦英雄。西蒙尼德斯很可能真的做过这件事，因为这首欢宴题材的双行诗从任何方面来看都相当真实。② 然而，如今我们又有新的理由去怀疑这首诗的真实性。新的发现表明，该诗被人镌刻在哈摩狄斯和阿里斯托革顿两人的塑像之下，塑像位于古安哥拉地区，竖立时间是公元前476年。根据这一发现，该诗应该属于后期碑文诗，因此，其真实性也有了受怀疑的理由。从文献上看，西蒙尼德斯保持着对庇西特拉图家族的忠诚，虽然这种忠诚并没有达到让诗人对该家族的罪恶——其中最主要的罪恶是傲慢——视而不见的程度。

在另一首短诗中，西蒙尼德斯表达了自己的虔诚之心。它是为

---

① 辑语76。
② 参见威拉莫维茨，《萨福与西蒙尼德斯》，前揭，页211。

一位朋友,斯巴达先知美吉司提亚斯而创作,他战死于温泉关战役:

> 这里,是举世闻名的美吉司提亚斯的坟茔,
>   波斯人将他杀死在斯佩尔凯俄斯河边:
> 他绝然不会忍心(οὐκ ἔτλη)放弃斯巴达的领袖们,
>   虽然作为先知,他已预见到命定的结局。①

[202]该诗背后,有一个在当时家喻户晓的故事。在得知美吉司提亚斯对温泉关战役的预言之后,斯巴达国王列奥尼达斯(Leonidas)曾劝告这位先知离开温泉关,以免经历自己已经预见到的毁灭。美吉司提亚斯在送走儿子之后,自己却坚持留了下来,最终惨遭杀戮。② 美吉司提亚斯的预言天赋为人所公认,因此西蒙尼德斯在诗中也没有对这一点表示质疑。然而,即使他接受这种说法,他也并没有将美吉司提亚斯写成是一个宿命论者。诗人相信,这位著名的先知完全是依从自己的意愿而选择了死亡。作为一个真正的斯巴达人,美吉司提亚斯绝对不会忍心(οὐκ ἔτλη)放弃自己的领袖而独自逃离。于是我们感受到,上面的诗行既体现出诗人对古老的预言能力的虔诚信仰,又体现出诗人对人的自由行动能力与自主履行义务之能力的坚信不疑,两种看似矛盾的信念在该诗中自然而然地融合为一。正如希罗多德所言,西蒙尼德斯为美吉司提亚斯创作的这首诗歌,"完全出于诗人对这位先知的热爱",诗文既赞扬死者美吉司提亚斯的智慧,又歌颂其大无畏的勇气。

---

① 辑语83,G. B. Grundy英译。
② 希罗多德,《原史》,卷七,行221。

通过以上数例，我们简单勾画出西蒙尼德斯墓志铭诗歌的若干主要特点。从中我们可以体会到西蒙尼德斯在沿承古老诗歌形式时的良苦用心：诗人既没有改变传统，也没有墨守陈规，而是在保留传统特征的同时，加入新的元素，使之更具有力量感，使其形象更为丰富充盈。他的作品得到后人的高度评价。西蒙尼德斯为马拉松战役的阵亡者所撰写的诗歌，比埃斯库罗斯同题材的作品更为优秀，甚至斯巴达人也会邀请这位伊奥尼亚人为温泉关战役的英魂撰写墓志铭，这两件事实都说明，作为一位墓志铭诗人，他的声名与地位冠绝整个希腊，[203]而他对希腊城邦各自不同的品味与理想的体察与认同，以及他对希波间战争实质的精准把握，都反过来巩固了诗人所具有的崇高声望。西蒙尼德斯当然明白，与波斯人的战斗实际上是在捍卫整个希腊的自由，虽然一开始，真正持有这一立场的只有雅典人。在那首献给马拉松战役阵亡者的诗歌中，诗人也表露了这一思想。他说，正是因为这些死者，

　　希腊人才不会体会到为外族奴役的滋味。

在西蒙尼德斯那里，墓志铭这一诗体的境界有了很大提升，从仅仅对少数几个朋友或一个地域的关心，转变为面向整个希腊的言说。这些墓志铭不遗余力地赞颂了一些值得纪念的英雄人物，诗人希望所有希腊人都能尊敬他们，以他们为楷模。

索 引

Aeschylus, 32, 82, 124, 160, 197, 202.
Alcaeus, 10, 117, 144, 148.
Alcman, 40, 154.
Allen, T. W., 140, 144.
Anacreon, 180-181.
Archilochus, 6, 7, 8-13, 34, 43, 73, 131, 144.
  Fr. 1, 8.
  Fr. 2, 8.
  Fr. 5, 9.
  Fr. 6b, 10.
  Fr. 7, 11.
  Fr. 16, 173.
  Fr. 17, 173.
Aristotle, 143.
Blakeway, A. A., 7.
Callimachus, 5, 27, 50.
Callinus, 6, 7, 13-16, 42.
Cleobulus, 174-175.
Clonas, 5.
Critias, 4.
Echembrotus, 5.
Edmonds, J. M., 165.
Empedocles, 120.
Epimenides, 113.
Euenus, 140, 169.
Euripides, 5, 122-123, 128.
Grundy, G. B., 201.
Hardie, W. R., 3.
Harrison, E., 144.
Hauvette, A., 12, 182.
Heraclitus, 113, 117, 161.
Herodotus, 69, 192, 202.
Hesiod, 32, 78, 84, 86, 92, 97, 115, 116, 124, 126.
Higham, T. F., 31, 53, 54, 60, 158, 184, 190, 191, 199.

Highet, G. A., 87.
Homer, 6, 12, 19, 21, 24, 32, 43, 54, 58, 61, 66, 79, 86, 91, 93, 112, 113, 115, 116, 124, 126, 156.
Horace, 10.
Hudson-Williams, T., 15, 29, 109.
Ion of Chios, 121.
Isocrates, 128.
Jaeger, W., 57, 62, 78.
Lawton, W. C., 197.
Leaf, W., 183, 200.
Lucas, F. L., 199.
Mackail, J. W., 79, 83, 91.
Macnaghten, H., 196.
Marris, Sir W., 54, 58, 146, 175, 185.
Meleager, 181.
Mimnermus, 6, 17-35, 69, 75, 101, 110, 140, 158.
  Fr. 1, 17.
  Fr. 2, 20.
  Fr. 4, 28.
  Fr. 5, 21, 28.
  Fr. 7, 33.
  Fr. 8, 33.
  Fr. 10, 26.
  Fr. 11, 25, 28.
  Fr. 12, 28, 32.
  Fr. 13, 30.
  Smyrneis, 29.
Murray, G., 26.
Page, D. L., 5, 176.
Parmenides, 121.
Phocylides, 151, 169.
Pindar, 7, 35, 82, 91, 116, 124, 126, 148, 154, 167.
Plato, 40, 41, 100.
Polymnestus, 40, 69, 109.

Propertius, 34.
Pythagoras, 113, 114.
Rhianus, 41.
Rhys Roberts, W., 194, 195.
Romisch, E., 90.
Sacadas, 5.
Sappho, 165.
Semonides, 22–23, 97.
Simonides, 181–203.
   Fr. 5, 194.
   Fr. 13, 194.
   Fr. 76, 201.
   Fr. 83, 192, 201.
   Fr. 84, 192.
   Fr. 87, 190.
   Fr. 88, 188.
   Fr. 90, 189.
   Fr. 91, 192.
   Fr. 92, 192, 193.
   Fr. 97, 193.
   Fr. 99, 182.
   Fr. 115, 187.
   Fr. 118, 193, 196.
   Fr. 121, 193, 196.
   Fr. 122, 191, 193, 198.
   Fr. 123, 181.
   Fr. 127, 187.
   Fr. 128, 184.
   Fr. 130, 185.
   Fr. 135, 183.
   Fr. 142, 193.
Solon, 34, 73–104, 107, 116, 134, 135, 140.
   Fr. 1, 90–99.
   Fr. 2, 76, 77.
   Fr. 3, 78, 80–81, 83, 85.
   Fr. 4, 81, 103.
   Fr. 5, 81, 86.
   Fr. 8, 89.
   Fr. 9, 87.
   Fr. 10, 88.
   Fr. 11, 88.
   Fr. 13, 74.
   Fr. 14, 102.
   Fr. 17, 99.
   Fr. 19, 101–102.
   Fr. 20, 74.
   Fr. 21, 116.
   Fr. 22, 75.
Stesichorus, 26.
Terpander, 39, 40.
Thaletas, 40, 69.
Theognis, 31, 34, 82, 112, 124, 139–170.
Thucydides, 69, 195, 197.
Tyrtaeus, 6, 7, 34, 39–70, 74, 77–78, 140, 145.
   Fr. 1, 42, 43, 48–50.
   Fr. 2, 44.
   Fr. 3, 45.
   Fr. 4, 42, 47.
   Fr. 5, 47.
   Fr. 6–7, 50, 51, 52, 59, 62.
   Fr. 8, 50, 51, 55–58, 60.
   Fr. 9, 51, 62–69, 129.
Wilamowitz-Moellendorff, U. von, 57, 62, 90, 182, 201.
Xenophanes, 31, 50, 107–135.
   Fr. 1, 121–127.
   Fr. 2, 127–134.
   Fr. 3, 110–112.
   Fr. 6, 114–115.
   Fr. 7, 108.
   Fr. 9, 115.
   Fr. 10, 115.
   Fr. 13, 117.
   Fr. 14, 117.
   Fr. 18, 109.
   Fr. 20, 109.
   Fr. 21, 119.
   Fr. 28, 118.
   Fr. 30, 120.

图书在版编目(CIP)数据

古希腊早期诉歌诗人/(英)鲍勒(C.M. Bowra)著;赵翔译. --北京:华夏出版社,2017.10
(西方传统:经典与解释)
ISBN 978-7-5080-9249-2

Ⅰ.①古… Ⅱ.①鲍… ②赵… Ⅲ.①诗歌研究-古希腊 Ⅳ.①I545.072

中国版本图书馆CIP数据核字(2017)第174496号

EARLY GREEK ELEGISTS
By Cecil Maurice Bowra
Copyright © 1938 by The President and Fellows of Harvard College
Published by arrangement with Harvard University Press
through Bardon-Chinese Media Agency
Simplified Chinese translation copyright © 2017
By Huaxia Publishing House
All rights reserved

版权所有,翻印必究。
北京市版权局著作权合同登记号:图字 01-2014-8517 号

古希腊早期诉歌诗人

作　　者	[英]鲍勒
译　　者	赵　翔
责任编辑	王霄翎　李安琴
责任印制	刘　洋
出版发行	华夏出版社
经　　销	新华书店
印　　装	三河市少明印务有限公司
版　　次	2017年10月北京第1版　2017年10月北京第1次印刷
开　　本	880×1230　1/32
印　　张	6.5
字　　数	139千字
定　　价	39.00元

华夏出版社 地址:北京市东直门外香河园北里4号 邮编:100028
网址:www.hxph.com.cn 电话:(010)64663331(转)
若发现本版图书有印装质量问题,请与我社营销中心联系调换。

西方传统：经典与解释
Classici et Commentarii
HERMES
刘小枫◎主编

古今丛编

孟德斯鸠的自由主义哲学
——《论法的精神》疏证　[美]潘戈 著

莫尔及其乌托邦　[德]考茨基 著

试论古今革命　[法]夏多布里昂 著

托兰德与激进启蒙　刘小枫 编

图书馆里的古今之战　[英]斯威夫特 著

但丁：皈依的诗学　[美]弗里切罗 著

在西方的目光下　[英]康拉德 著

大学与博雅教育　董成龙 编

探究哲学与信仰
——基尔克果与苏格拉底　[美]郝岚 著

民主的本性
——托克维尔的政治哲学　[法]马南 著

梅尔维尔的政治哲学
——《切雷诺》及其解读　李小均 编/译

席勒美学的哲学背景　[美]维塞尔 著

果戈里与鬼　[俄]梅列日科夫斯基 著

自传性反思　[德]沃格林 著

黑格尔与普世秩序　[美]希克斯 等著

新的方式与制度
——马基雅维利的《论李维》研究
[美]曼斯菲尔德 著

科耶夫的新拉丁帝国　[法]科耶夫 等著

《利维坦》附录　[英]霍布斯 著

或此或彼(上、下)　[丹麦]基尔克果 著

海德格尔式的现代神学　刘小枫 选编

双重束缚　[美]基拉尔 著

古今之争中的核心问题
——施米特的学说与施特劳斯的论题　[德]迈尔 著

论永恒的智慧　[德]苏索 著

宗教经验种种　[美]詹姆斯 著

尼采反卢梭　[美]凯斯·安塞尔-皮尔逊 著

舍勒思想评述　[美]弗林斯 著

诗与哲学之争　[美]罗森 著

神圣与世俗　[罗]伊利亚德 著

论古人的智慧　[英]培根 著

但丁的圣约书　[美]霍金斯 著

古典学丛编

探究希腊人的灵魂　[美]戴维斯 著

尤利安文选　马勇 编/译

论月面　[古罗马]普鲁塔克 著

雅典谐剧与逻各斯
——《云》中的修辞、谐剧性及语言暴力
[美]奥里根 著

莱园哲人伊壁鸠鲁　罗晓颖 选编

《劳作与时日》笺释　吴雅凌 撰

希腊古风时期的真理大师　[法]德蒂安 著

古罗马的教育　[英]葛怀恩 著

古典学与现代性　刘小枫 编

表演文化与雅典民主政制
[英]戈尔德希尔、奥斯本 编

西方古典文献学发凡　刘小枫 编

古典语文学常谈　[德]克拉夫特 著

古希腊文学常谈　[英]多佛 等著

撒路斯特与政治史学　刘小枫 编

希罗多德的王霸之辨　吴小锋 编/译

第二代智术师
——罗马帝国早期的文化现象　[英]安德森 著

英雄诗系笺释　[古希腊]荷马 著

统治的热望
——修昔底德笔下的阿尔喀比亚德和帝国政治
[美]福特 著

论埃及神学与哲学
——伊希斯与俄赛里斯　[古希腊]普鲁塔克 著

凯撒的剑与笔　李世祥 编/译

伊壁鸠鲁主义的政治哲学
[意]詹姆斯·尼古拉斯 著

修昔底德笔下的人性　[加]欧文 著

修昔底德笔下的演说　[美]斯塔特 著

古希腊政治理论　[美]格雷纳 著

神谱笺释　吴雅凌　撰
赫西俄德：神话之艺
　[法]居代·德·拉孔波 等著
赫拉克勒斯之盾笺释　罗逍然　译笺
《埃涅阿斯纪》章义　王承教　选编
维吉尔的帝国　[美]阿德勒 著
塔西佗的政治史学　曾维术　编

古希腊诗歌丛编

诗歌与城邦　[美]费拉格、纳吉 主编
阿尔戈英雄纪（上、下）
　[古希腊]阿波罗尼俄斯 著
俄耳甫斯教祷歌　吴雅凌 编译
俄耳甫斯教辑语　吴雅凌 编译

古希腊肃剧注疏集

希腊肃剧与政治哲学　[美]阿伦斯多夫 著

古希腊礼法

希腊人的正义观　[英]哈夫洛克 著

廊下派集

廊下派的城邦观　[英]斯科菲尔德 著

希伯莱圣经历代注疏

希腊化世界中的犹太人　[英]威廉逊 著
第一亚当和第二亚当　[德]朋霍费尔 著

新约历代经解

属灵的寓意　[古罗马]俄里根 著

基督教与古典传统

加尔文与现代政治的基础　[美]汉考克 著
无执之道
　——埃克哈特神学思想研究　[德]文森 著
恐惧与战栗　[丹麦]基尔克果 著
托尔斯泰与陀思妥耶夫斯基
　[俄]梅列日科夫斯基 著
论宗教大法官的传说　[俄]罗赞诺夫 著
海德格尔与有限性思想（重订版）
　刘小枫 选编
上帝国的信息　[德]拉加茨 著
基督教理论与现代　[德]特洛尔奇 著
亚历山大的克雷芒　[意]塞尔瓦托·利拉 著

中世纪的心灵之旅
　——波纳文图拉神学著作选　[意]圣·波纳文图拉 著

德意志古典传统丛编

穆佐书简　[奥]里尔克 著
纪念苏格拉底——哈曼文选　刘新利 选编
夜颂中的革命和宗教
　——诺瓦利斯选集卷一　[德]诺瓦利斯 著
大革命与诗话小说
　——诺瓦利斯选集卷二　[德]诺瓦利斯 著
黑格尔的观念论　[美]皮平 著
浪漫派风格——施莱格尔批评文集　[德]施莱格尔 著

美国宪政与古典传统

美国1787年宪法讲疏　[美]阿纳斯塔普罗 著

品达注疏集

幽暗的诱惑
　——品达、晦涩与古典传统　[美]汉密尔顿 著

欧里庇得斯集

自由与僭越
　——欧里庇得斯《酒神的伴侣》绎读　罗峰 编译

阿里斯托芬集

《阿卡奈人》笺释　[古希腊]阿里斯托芬 著

色诺芬注疏集

居鲁士的教育　[古希腊]色诺芬 著
色诺芬的《会饮》　[古希腊]色诺芬 著

柏拉图注疏集

哲学的奥德赛——《王制》引论　[美]郝兰 著
爱欲与启蒙的迷醉
　——论柏拉图的《会饮》　[美]贝尔格 著
为哲学的写作技艺一辩
　——《斐德若》疏证　[美]伯格 著
柏拉图式的迷宫——《斐多》义疏　[美]伯格 著
哲学如何成为苏格拉底式的　[美]朗佩特 著
苏格拉底与希琵阿斯　王江涛 编译
理想国　[古希腊]柏拉图 著
谁来教育老师——《普罗塔戈拉》发微　刘小枫 编
立法者的神学
　——柏拉图《法义》卷十绎读　林志猛 编
柏拉图对话中的神　[德]薇依 著

厄庇诺米斯　[古希腊]柏拉图 著
智慧与幸福
　　——柏拉图的《厄庇诺米斯》　程志敏 选编
论柏拉图对话　[德]施莱尔马赫 著
柏拉图《美诺》疏证　[美]克莱因 著
政治哲学的悖论
　　——苏格拉底的哲学审判　[美]郝岚 著
神话诗人柏拉图　张文涛 选编
阿尔喀比亚德　[古希腊]柏拉图 著
叙拉古的雅典异乡人
　　——柏拉图《书简七》探幽　彭磊 选编
阿威罗伊论《王制》　[阿拉伯]阿威罗伊 著
《王制》要义　刘小枫 选编
柏拉图的《会饮》　[古希腊]柏拉图 等著
苏格拉底的申辩（修订版）　[古希腊]柏拉图 著
苏格拉底与政治共同体　[美]尼科尔斯 著
政制与美德——柏拉图《法义》疏解　[美]潘戈 著
《法义》导读　[法]卡斯代尔·布舒奇 著
论真理的本质　[德]海德格尔 著
哲人的无知　[德]费勃 著
米诺斯　[古希腊]柏拉图 著

亚里士多德注疏集
亚里士多德《政治学》中的教诲　[美]潘戈 著
品格的技艺　[美]加佛 著
亚里士多德哲学的基本概念　[德]海德格尔 著
《政治学》疏证　[意]托马斯·阿奎那 著
尼各马可伦理学义疏
　　——亚里士多德与苏格拉底的对话　[美]伯格 著
哲学之诗
　　——亚里士多德《诗学》解诂　[美]戴维斯 著
对亚里士多德的现象学解释　[德]海德格尔 著
城邦与自然——亚里士多德与现代性　刘小枫 编
论诗术中篇义疏　[阿拉伯]阿威罗伊 著
哲学的政治
　　——亚里士多德《政治学》疏证　[美]戴维斯 著

普鲁塔克集
普鲁塔克的《对比列传》　[英]达夫 著

普鲁塔克的实践伦理学　[比利时]胡芙 著

莎士比亚绎读
莎士比亚的历史剧　[英]蒂利亚德 著
莎士比亚戏剧与政治哲学　彭磊 选编
莎士比亚的政治盛典　[美]阿鲁里斯/苏利文 编
丹麦王子与马基雅维利　罗峰 选编

洛克集
上帝、洛克与平等　[美]沃尔德伦 著

卢梭集
论哲学生活的幸福　[德]迈尔 著
致博蒙书　[法]卢梭 著
政治制度论　[法]卢梭 著
哲学的自传
　　——卢梭的《孤独漫步者的遐思》　[法]戴维斯 著
文学与道德杂篇　[法]卢梭 著
设计论证
　　——卢梭的《社会契约论》　[美]吉尔丁 著
卢梭的自然状态　[美]普拉特纳 等著
卢梭的榜样人生
　　——作为政治哲学的《忏悔录》　[美]凯利 著

莱辛注疏集
汉堡剧评　[德]莱辛 著
关于悲剧的通信　[德]莱辛 著
《智者纳坦》研究版　[德]莱辛 等著
启蒙运动的内在问题
　　——莱辛思想再释　[美]维塞尔 著
莱辛剧作七种　[德]莱辛 著
历史与启示——莱辛神学文选　[德]莱辛 著
论人类的教育
　　——莱辛政治哲学文选　[德]莱辛 著

尼采注疏集
尼采引论　[德]施特格迈尔 著
尼采与基督教
　　——尼采的《敌基督》论集　刘小枫 编
尼采眼中的苏格拉底　[美]丹豪瑟 著
尼采的使命
　　——《善恶的彼岸》绎读　[美]朗佩特 著

尼采与现时代
——解读培根、笛卡尔与尼采 [美]朗佩特 著

动物与超人之间的绳索 [德]A.彼珀 著

施特劳斯集

原著

论僭政（重订本）——色诺芬《希耶罗》义疏
[美]施特劳斯 科耶夫 著

苏格拉底问题与现代性（增订本）
——施特劳斯讲演与论文集：卷二

犹太哲人与启蒙
——施特劳斯演讲与论文集：卷一

霍布斯的宗教批判

斯宾诺莎的宗教批判

门德尔松与莱辛

哲学与律法——论迈蒙尼德及其先驱

迫害与写作艺术

柏拉图式政治哲学研究

论柏拉图的《会饮》

柏拉图《法义》的论辩与情节

什么是政治哲学

古典政治理性主义的重生（重订本）

回归古典政治哲学——施特劳斯通信集

苏格拉底与阿里斯托芬

研究作品

论源初遗忘
——海德格尔、施特劳斯与哲学的前提
[美]维克利 著

政治哲学与启示宗教的挑战 [德]迈尔 著

阅读施特劳斯 [美]斯密什 著

施特劳斯与流亡政治学 [美]谢帕德 著

隐匿的对话
——施米特与施特劳斯 [德]迈尔 著

驯服欲望
——施特劳斯笔下的色诺芬撰述 [法]科耶夫 等著

施米特集

施米特对自由主义的批判 [美]麦考米特 著

宪法专政
——现代民主国家中的危机政府 [美]罗斯托 著

施米特对自由主义的批判 [美]约翰·麦考米克 著

伯纳德特集

古典诗学之路（第二版）
——相遇与反思：与伯纳德特聚谈 [美]伯格 编

弓与琴（重订本）
——从柏拉图解读《奥德赛》 [美]伯纳德特 著

神圣的罪业 [美]伯纳德特 著

布鲁姆集

巨人与侏儒（1960-1990）

人应该如何生活——柏拉图《王制》释义

爱的设计——卢梭与浪漫派

爱的戏剧——莎士比亚与自然

爱的阶梯——柏拉图的《会饮》

伊索克拉底的政治哲学

大学素质教育读本

古典诗文绎读 西学卷·古代编（上、下）

古典诗文绎读 西学卷·现代编（上、下）

中国传统：经典与解释
Classici et Commentarii

娄娅箭审

刘小枫　陈少明 ◎ 主编

- 周易古经注解考辨 / 李炳海 著
- 浮山文集 / [明]方以智 著
- 药地炮庄 / [明]方以智 著
- 药地炮庄笺释·总论篇 / [明]方以智 著
- 青原志略 / [明]方以智 编
- 冬灰录 / [明]方以智 著
- 冬炼三时传旧火 / 邢益海 编
- 《毛诗》郑王比义发微 / 史应勇 著
- 宋人经筵诗讲义四种 / [宋]张纲 等撰
- 道德真经藏室纂微篇 / [宋]陈景元 撰
- 道德真经四子古道集解 / [金]寇才质 撰
- 皇清经解提要 / [清]沈豫 撰
- 经学通论 / [清]皮锡瑞 著
- 松阳讲义 / [清]陆陇其 著
- 起凤书院答问 / [清]姚永朴 撰
- 周礼疑义辨证 / 陈衍 撰
- 《铎书》校注 / 孙尚扬 肖清和 等校注
- 韩愈志 / 钱基博 著
- 论语辑释 / 陈大齐 著
- 《庄子·天下篇》注疏四种 / 张丰乾 编
- 荀子的辩说 / 陈文洁 著
- 古学经子 / 王锦民 著
- 经学以自治 / 刘少虎 著
- 从公羊学论《春秋》的性质 / 阮芝生 撰

刘小枫集

- 古典学与古今之争 [增订本]
- 这一代人的怕和爱 [第三版]
- 沉重的肉身 [珍藏版]
- 圣灵降临的叙事 [增订本]
- 罪与欠
- 儒教与民族国家
- 拣尽寒枝
- 施特劳斯的路标
- 重启古典诗学
- 共和与经纶
- 设计共和
- 现代性与现代中国：现代性社会理论绪论
- 诗化哲学 [重订本]
- 拯救与逍遥 [修订本]
- 走向十字架上的真
- 卢梭与我们
- 西学断章
- 现代人及其敌人
- 好智之罪：普罗米修斯神话通释
- 民主与爱欲：柏拉图《会饮》绎读
- 民主与教化：柏拉图《普罗塔戈拉》绎读
- 巫阳招魂：《诗术》绎读

编修 [博雅读本]

- 凯若斯：古希腊语文读本 [全二册]
- 古希腊语文学述要
- 雅努斯：古典拉丁语文读本
- 古典拉丁语文学述要
- 危微精一：政治法学原理九讲
- 琴瑟友之：钢琴与古典乐色十讲

经典与解释辑刊

1. 柏拉图的哲学戏剧
2. 经典与解释的张力
3. 康德与启蒙
4. 荷尔德林的新神话
5. 古典传统与自由教育
6. 卢梭的苏格拉底主义
7. 赫尔墨斯的计谋
8. 苏格拉底问题
9. 美德可教吗
10. 马基雅维利的喜剧
11. 回想托克维尔
12. 阅读的德性
13. 色诺芬的品味
14. 政治哲学中的摩西
15. 诗学解诂
16. 柏拉图的真伪
17. 修昔底德的春秋笔法
18. 血气与政治
19. 索福克勒斯与雅典启蒙
20. 犹太教中的柏拉图门徒
21. 莎士比亚笔下的王者
22. 政治哲学中的莎士比亚
23. 政治生活的限度与满足
24. 雅典民主的谐剧
25. 维柯与古今之争
26. 霍布斯的修辞
27. 埃斯库罗斯的神义论
28. 施莱尔马赫的柏拉图
29. 奥林匹亚的荣耀
30. 笛卡尔的精灵
31. 柏拉图与天人政治
32. 海德格尔的政治时刻
33. 荷马笔下的伦理
34. 格劳秀斯与国际正义
35. 西塞罗的苏格拉底
36. 基尔克果的苏格拉底
37. 《理想国》的内与外
38. 诗艺与政治
39. 律法与政治哲学
40. 古今之间的但丁
41. 拉伯雷与赫尔墨斯秘学
42. 柏拉图与古典乐教
43. 孟德斯鸠论政制衰败
44. 博丹论主权
45. 道伯与比较古典学
46. 伊索寓言中的伦理
47. 斯威夫特与启蒙